Arena-Taschenbuch
Band 50760

Ebenfalls von der Autorin im Arena Verlag erschienen:
Band 2 *Drachenzähmen leicht gemacht. Wilde Piraten voraus!*
Band 3 *Drachenzähmen leicht gemacht. Strenggeheimes Drachenflüstern*
Band 4 *Drachenzähmen leicht gemacht. Mörderische Drachenflüche*
Band 5 *Drachenzähmen leicht gemacht. Brandgefährliche Feuerspeier*
Band 6 *Drachenzähmen leicht gemacht. Handbuch für echte Helden*
Band 7 *Drachenzähmen leicht gemacht. Im Auge des Drachensturms*

www.drachenzaehmen.de

Hicks der Hartnäckige vom Hauenstein der Dritte
war ein Schwertkämpfer, ein Drachenflüsterer und der größte
Wikingerheld, den es je gab. Doch in seinen Memoiren schaut er
zurück auf die Zeit, als er noch ein ganz normaler kleiner Junge
war und sich überhaupt nicht vorstellen konnte, dass aus ihm
einmal ein Held werden würde.

Cressida Cowell
lebt mit ihrem Mann Simon, den Kindern Maisie, Clementine
und Alexander sowie den zwei Katzen Lily und Baloo in London.
Neben der Aufzeichnung von Hicks' Memoiren hat sie auch
mehrere Bilderbücher geschrieben und illustriert.

Cressida Cowell

Drachenzähmen leicht gemacht

Aus dem Englischen
von Angelika Eisold-Viebig

Mit Illustrationen
von Jutta Garbert

Arena

Dieses Buch widme ich meinem guten Freund Zahnlos.
H. H. H. III.

Cressida Cowell möchte dieses Buch
ihrem Bruder Caspar widmen.
In Liebe und Bewunderung.

Ein kleiner Hinweis
Jede Ähnlichkeit mit welcher
historischen Tatsache auch immer
ist rein zufällig.

Die Originalausgabe erschien erstmals 2003
unter dem Titel »How To Train Your Dragon«
bei Hodder Children's Books, London.
© 2003 by Cressida Cowell

1. Auflage als Limitierte Sonderausgabe im Arena-Taschenbuch 2015
© 2004 Arena Verlag GmbH, Würzburg
Alle Rechte vorbehalten
Aus dem Englischen von Angelika Eisold-Viebig
Covergestaltung: Juliane Hergt unter Verwendung des
Filmplakats »Drachenzähmen leicht gemacht 2«
© 2014 DreamWorks Animation L.L.C.
Innenillustrationen: Jutta Garbert
Umschlagtypografie: KCS GmbH · Verlagsservice & Medienproduktion,
Stelle/Hamburg
Sondergestaltung: komm Design/achkomm.com/Würzburg
Gesamtherstellung: Westermann Druck Zwickau GmbH
ISSN 0518-4002
ISBN 978-3-401-50760-6

www.arena-verlag.de
Mitreden unter forum.arena-verlag.de

Jugend des Stammes der Räuberischen Raufbolde

Inhalt

Vorwort des Autors — 9

1. Zuerst fängt jeder seinen Drachen — 11
2. In der Kinderstube der Drachen — 21
3. Helden oder Exil — 37
4. Drachenzähmen leicht gemacht — 50
5. Plauderei mit Alt Faltl — 64
6. Inzwischen tief im Ozean — 70
7. Zahnlos wacht auf — 73
8. Drachenzähmen auf die schwere Art — 85
9. Furcht, Eitelkeit, Rache und dumme Witze — 94
10. Thors Tag — 105
11. Thor ist wütend — 126
12. Der Grüne Tod — 141
13. Wenn Schreien nicht hilft — 151
14. Der teuflisch schlaue Plan — 159
15. Die Schlacht an der Totenkopf-Landzunge — 167
16. Der teuflisch schlaue Plan geht schief — 172

17. Im Maul des Drachen	175
18. Die außerordentliche Tapferkeit von Zahnlos	179
19. Hicks der Nützliche	187
Nachwort des Autors	197

Vorwort des Autors

Als ich ein Junge war, gab es noch Drachen.
Es gab große, wilde, fliegende Drachen, die oben auf den Klippen nisteten wie riesige, unheimliche Vögel. Auch kleine braune Springdrachen gab es, die in Rudeln auf Mäuse- und Rattenjagd gingen. Und im Meer wohnten unglaublich gigantische Drachen, die ungefähr zwanzigmal so groß waren wie der Große Blauwal und aus purem Spaß töteten.

Du wirst es mir einfach glauben müssen, denn die Drachen verschwinden so schnell, dass sie vielleicht bald schon ausgestorben sind.

Keiner weiß, was da vorgeht. Sie kriechen zurück ins Meer, woher sie einst kamen, und hinterlassen nicht einmal einen Knochen oder einen Zahn, durch den die Menschen sich an sie erinnern könnten.

Und damit diese unglaublichen Geschöpfe nicht vergessen werden, erzähle ich diese wahre Geschichte aus meiner Kindheit.

Ich gehörte nicht zu den Jungen, die einen Drachen mit links zähmen konnten. Ich war kein geborener Held. Ich musste es mir erarbeiten. Diese Geschichte handelt davon, wie man auf die harte Art ein Held wird.

1. Zuerst fängt jeder seinen Drachen

Vor langer Zeit auf der wilden und stürmischen Insel Wattnbengel stand ein kleiner Wikinger mit einem unglaublich langen Namen bis zu den Knöcheln im Schnee.
Hicks der Hartnäckige vom Hauenstein der Dritte, die Hoffnung und der Erbe des Stammes der Räuberischen Raufbolde, hatte sich, schon seit er am Morgen aufgewacht war, nicht besonders gut gefühlt.
Zehn Jungen, einschließlich Hicks, hofften vollwertige Mitglieder des Stammes zu werden, indem sie die Reifeprüfung zum »Drachenmeister« ablegten. Sie standen auf einem öden, kleinen Strand an der ödesten Stelle der ganzen öden Insel. Und es fiel dichter Schnee.
»AUFGEPASST!«, schrie Grobian der Rülpser, der für die Reifeprüfung verantwortliche Krieger. »Dies wird eure erste militärische Operation sein und Hicks wird die Mannschaft anführen.«
»Oh nein, nicht Hicks«, stöhnten Stinker der Dussel und die meisten der anderen Jungen. »Ihr könnt Hicks nicht die Leitung übertragen, Kommandant, er ist total NUTZLOS!«
Hicks der Hartnäckige vom Hauenstein der Dritte, Hoffnung und Erbe des Stammes der Räuberischen Raufbol-

Grobian

de, wischte sich kläglich mit dem Ärmel über die Nase. Er sank ein wenig tiefer in den Schnee.

»JEDER wäre besser als Hicks«, höhnte Rotznase Rotzgesicht großspurig. »Sogar Fischbein wäre besser als Hicks.«

Fischbein hatte einen Sehfehler, der ihn so blind machte wie eine Qualle, und außerdem war er allergisch gegen Reptilien.

»RUHE!«, röhrte Grobian der Rülpser. »Der Nächste, der noch einen Ton sagt, bekommt drei Wochen Napfschnecken vorgesetzt.«

Sofort herrschte absolute Stille. Napfschnecken schmecken schlimmer als Würmer und Rotz zusammen.

»Hicks führt euch an, und das ist ein Befehl!«, donnerte Grobian in seiner üblichen Lautstärke. Er war ein zwei Meter großer Riese mit einem verrückten Funkeln in seinem einzigen guten Auge und einem Bart, der aussah wie ein explodierendes Feuerwerk. Trotz der bitteren Kälte trug er Pelzshorts und eine winzig kleine Weste aus Wildleder, die seine krebsrote Haut und seine starken Muskeln zeigte. In einer seiner Pranken hielt er eine Fackel.

»Hicks wird euer Anführer sein, obwohl er zugegebenermaßen völlig nutzlos ist, aber Hicks ist der Sohn des HÄUPTLINGS und so ist es eben bei uns Wikingern. Was glaubt ihr denn, wo ihr seid, in der RÖMISCHEN REPUBLIK? Aber egal, das ist heute noch euer kleinstes Problem. Ihr seid hier, um euch als heldenhafte Wikinger zu beweisen. Und es ist eine überlieferte Tradition des Stammes der Raufbolde, dass ihr« – Grobian machte eine dramatische Pause – »ZUERST EUREN DRACHEN FANGT!« Ohhh, sabbernder Seetang!, dachte Hicks.

»Unsere Drachen sind das, was uns auszeichnet!«, bellte Grobian. »Normale Menschen richten Falken für die Jagd ab oder Pferde zum Reiten. Nur die HELDENHAFTEN WIKINGER wagen es, die wildesten und gefährlichsten Wesen auf Erden zu zähmen.«

Grobian spuckte bedeutungsvoll in den Schnee. »Die Reifeprüfung ›Drachenmeister‹ besteht aus drei Teilen. Der erste und gefährlichste Teil ist eine Prüfung eures Mutes und eurer Geschicklichkeit beim Stehlen. Wenn ihr richtige Mitglieder des Stammes der Räuberischen Raufbolde sein wollt, dann müsst ihr zuerst euren Drachen fangen. Und das ist der Grund«, fuhr Grobian in voller Lautstärke fort, »weshalb ich euch zu diesem idyllischen Plätzchen gebracht habe. Seht euch jetzt das Kliff der Wilden Drachen an!«

Die zehn Jungen legten die Köpfe in den Nacken.

Das Kliff ragte in Schwindel erregender Höhe über ihnen auf, dunkel und unheimlich. Im Sommer konnte man das Kliff selbst kaum sehen, weil Drachen aller Größen und Arten es belagerten, nacheinander schnappten oder bissen und einen solchen Lärm veranstalteten, dass er auf der ganzen Insel zu hören war.

Aber im Winter hielten die Drachen Winterschlaf und am Kliff war es still, bis auf ihr unheimliches, tiefes Schnarchen. Hicks konnte die Vibration noch durch die Sohlen seiner Sandalen hindurch spüren.

»Also«, sagte Grobian, »seht ihr die vier Höhlen ungefähr auf halber Höhe des Kliffs, die so ähnlich ausschauen wie die Löcher eines Totenkopfs?«

Die Jungen nickten.

»In der Höhle, die aussieht wie das rechte Auge, ist die Kinderstube der Drachen, wo in diesem Augenblick dreitausend junge Drachen die letzten Wochen ihres Winterschlafes verbringen.«

»OOOHHH«, seufzten die Jungen aufgeregt.

Hicks schluckte schwer. Zufällig wusste er beträchtlich mehr über Drachen als alle anderen. Von klein auf war er von diesen Wesen fasziniert. Er hatte insgeheim viele Stunden mit der Beobachtung von Drachen verbracht. (Drachen-Beobachter wurden als weltfremde Streber betrachtet, deshalb war es notwendig, das geheim zu halten.) Und was Hicks über Drachen gelernt hatte, sagte ihm, dass nur ein Verrückter sich in eine Höhle mit dreitausend Drachen wagte.

Niemand sonst schien jedoch allzu besorgt zu sein.

»Jeder von euch nimmt nachher einen dieser Körbe und klettert das Kliff hinauf«, kommandierte Grobian der Rülpser. »Am Höhleneingang angelangt, seid ihr auf euch gestellt. Ich bin zu groß, um mich da reinzuquetschen.

Ihr müsst die Höhle LEISE betreten – das gilt auch für dich, Warzenschweini, außer du willst die erste Frühjahrsmahlzeit für dreitausend hungrige Drachen werden, HA, HA, HA!«

Grobian lachte herzlich über seinen kleinen Scherz, dann fuhr er fort. »So kleine Drachen sind normalerweise ziemlich harmlos für Menschen, aber in dieser Menge würden sie sich wie Piranhas auf euch stürzen. Nicht einmal von einem Fettsack wie dir, Warzenschweini, würde etwas übrig bleiben – nur ein Haufen Knochen und dein Helm. HA, HA, HA! Also seid lieber LEISE in der Höhle! Jeder von euch wird EINEN schlafenden Drachen stehlen. Hebt den Drachen VORSICHTIG von seinem Platz und legt ihn in euren Korb. Noch irgendwelche Fragen?«

Keiner hatte irgendwelche Fragen.

»In dem unwahrscheinlichen Fall, dass ihr die Drachen DOCH aufweckt – und dazu müsstet ihr schon ziemlich BLÖDE sein –, rennt so schnell ihr könnt hinaus. Drachen mögen keine Kälte und der Schnee wird sie wahrscheinlich abschrecken.«

Wahrscheinlich?, dachte Hicks. Tja, das ist wirklich sehr beruhigend!

»Nehmt nicht irgendeinen Drachen. Es ist wichtig, dass er die richtige Größe hat. Das soll schließlich der Drache sein, der für euch Fische fängt und Wild erlegt. Ihr wählt den Drachen, der euch einmal in die Schlacht begleiten soll, später, wenn ihr älter und Krieger des Stammes seid. Also, wenn ihr ein ordentliches Tier wollt, wählt einfach das größte, das in euren Korb passt. Lungert nicht zu lange in der Höhle herum . . .«

Herumlungern?, dachte Hicks. In einer Höhle mit dreitausend schlafenden Drachen?

»Ich muss euch wohl nicht sagen«, fuhr Grobian fröhlich fort, »dass ihr OHNE einen Drachen überhaupt nicht mehr zurückzukommen braucht. Jeder, der bei dieser Aufgabe versagt, wird sofort ausgeschlossen. Der Stamm der Räuberischen Raufbolde hat keine Verwendung für VERSAGER. Nur die Starken gehören zu uns.«

Unglücklich blickte Hicks sich um. Nichts als Schnee und Meer, so weit das Auge reichte. Ein Leben außerhalb des Stammes sah auch nicht allzu verlockend aus.

»Also«, sagte Grobian entschieden. »Jeder Junge nimmt einen Korb für seinen Drachen und wir machen uns auf den Weg.«

Die Jungen eilten aufgeregt zu den Körben.

Drachenkorb

»Ich werde mir eines dieser Monster mit extra ausfahrbaren Klauen schnappen, vor denen jeder Angst hat«, gab Rotznase an.

»Ach, halt doch die Klappe, Rotznase, das darfst du gar nicht«, sagte Fausti. »Nur Hicks darf einen Riesenhaften Albtraum haben. Dazu muss man schließlich Häuptlingssohn sein.« Hicks' Vater war Bärbeißer der Gewaltige, der Furcht einflößende Häuptling des Stammes der Räuberischen Raufbolde.

»HICKS?!«, höhnte Rotznase. »Wenn der beim Drachenstehlen genauso nutzlos ist wie beim Bummsball, kann er froh sein, wenn er überhaupt einen Einfachen Braunen bekommt.«

Die Einfachen Braunen waren der verbreitetste Typ von Drachen, ein nützliches Tier, aber nichts Besonderes.

»RUHE JETZT und stellt euch auf, ihr jämmerlichen Kröten!«, schrie Grobian der Rülpser.

Mit den Körben auf den Rücken eilten die Jungen auf ihre Plätze und stellten sich auf. Grobian schritt die Reihe ab und entzündete mit seiner großen Fackel die kleineren der Jungen.

»In einer halben Stunde werdet ihr heldenhafte Wikinger sein, jeder mit seinem Reptil an der Seite oder ihr frühstückt mit Wodan in der Walhalla und habt Drachenzähne in eurem Hintern!«, schrie Grobian mit fürchterlichem Enthusiasmus.

»Ruhm oder Tod!«, schrie Grobian

»Ruhm oder Tod!«, schrien acht Jungen fanatisch zurück.
Tod, dachten Hicks und Fischbein traurig.
Grobian setzte dramatisch das Horn an die Lippen.
Ich glaube fast, das ist der bisher schlimmste Moment in meinem Leben, dachte Hicks für sich, während er auf das Erschallen des Hornes wartete. Und wenn die noch ein wenig lauter schreien, dann werden wir die Drachen wecken, bevor wir überhaupt angefangen haben.
»TRÖÖÖÖÖÖT!«
Grobian blies ins Horn.

WIKINGERDRACHEN UND IHRE MERKMALE

Der Gewöhnliche oder Felddrache und der Einfache Braune

Der Gewöhnliche oder Felddrache und der Einfache Braune sind einander so ähnlich, dass sie in eine einzige Kategorie fallen. Es sind die am meisten verbreiteten Rassen – an sie denkt man sofort, wenn von »Drachen« die Rede ist. Sie sind schlechte Jäger, aber leicht zu dressieren. Diese Drachenart ist am besten geeignet, wenn man ein Schoßtier für die Familie sucht, obwohl sie – ähnlich wie Löwen oder Tiger – niemals mit Kleinkindern allein gelassen werden sollten.

MERKMALE UND BEWERTUNG NACH PUNKTEN (1-10)

Farben: Grün und Gelb, alle Braunschattierungen

Ausstattung: Normale Zähne und Klauen 3

Abwehr durch: Stacheln 2

Radar: Nicht vorhanden 0

Gift: Nicht vorhanden 0

Jagdfähigkeit: Lahme Jäger 3

Geschwindigkeit: Schnell im Rückzug 8

Furcht- und Kampffaktor:
Na ja, wenn sie wütend sind 4

2. In der Kinderstube der Drachen

Es ist wohl nicht schwer zu erraten, dass Hicks nicht der übliche heldenhafte Wikinger war.
Zum einen sah er nicht aus wie ein Held. Rotznase zum Beispiel war groß, muskulös, mit Tätowierungen übersät und zeigte bereits den Ansatz eines kleinen Schnurrbartes. Es waren zwar nur ein paar gelbliche Haarstoppeln, die auch nicht besonders schön aussahen, aber es wirkte dennoch eindrucksvoll männlich für einen Jungen, der noch keine dreizehn war.
Hicks dagegen war eher klein und hatte die Art von Gesicht, die völlig unauffällig ist. Sein Haar war allerdings auffällig. Es war leuchtend rot und stand immer ab, egal, wie sehr man es mit Meerwasser glätten wollte. Aber niemand bekam das je zu sehen, denn es war meistens unter dem Helm verborgen.
Man hätte NIEMALS angenommen, dass von diesen zehn Jungen ausgerechnet Hicks der Held dieser Geschichte sein sollte. Rotznase war in allem sehr gut und der geborene Anführer. Stinker war bereits genauso groß wie sein Vater und konnte ausgefallene Dinge tun, wie die wattnbengelsche Nationalhymne furzen.
Hicks war einfach nur vollkommen durchschnittlich. Ein

unauffälliger, magerer, sommersprossiger Junge, den man in der Menge leicht übersah.

Nachdem Grobian also ins Horn geblasen hatte und sich außer Sicht begab, um sich einen bequemen Felsen zu suchen, auf dem er sein Muschel-Tomaten-Sandwich verzehren konnte, schob Rotznase Hicks zur Seite und übernahm die Führung.

»Okay, passt mal auf, Jungs«, flüsterte er drohend. »ICH bin der Anführer, nicht der Nutzlose. Und jeder, der was dagegen hat, kriegt von Stinker dem Dussel ein Knöchel-Sandwich.«

»Genau«, grunzte Stinker und ballte glücklich die Fäuste. Stinker war ein richtiger Gorilla und Rotznases persönlicher Schläger.

»Zeig's ihm, Stinker, damit alle wissen, was ich meine . . .«

Stinker gehorchte nur zu gern. Er gab Hicks einen Stoß, der ihn kopfüber in den Schnee schickte, und dann stieß er seinen Kopf noch einmal extra hinein.

»Aufgepasst!«, zischte Rotznase. Die Jungen lösten den Blick von Stinker und Hicks und passten auf.

»Seilt euch zusammen an. Der beste Kletterer geht als Erstes . . .«

»Tja, das bist natürlich DU, Rotznase«, sagte Fischbein. »Du bist doch in allem der Beste, oder?«

Rotznase sah Fischbein misstrauisch an. Es war schwer

zu sagen, ob Fischbein sich über ihn lustig machte oder nicht, weil er immer so schielte.

»Da hast du ganz recht, Fischbein«, sagte Rotznase. »Das bin ich.« Und nur für den Fall, dass Fischbein sich tatsächlich über ihn lustig gemacht hatte: »Zeig's ihm, Stinker!«

Während Stinker den armen Fischbein zu Hicks in den Schnee schubste, befahl Rotznase angeberisch allen, sich aneinanderzubinden. Hicks und Fischbein waren die Letzten, die angebunden wurden, unmittelbar hinter dem triumphierenden Stinker.

»Na toll«, murrte Fischbein. »Ich muss in eine Höhle voller Menschen fressender Reptilien, angebunden an acht völlig Durchgeknallte.«

»Wenn wir überhaupt in die Höhle kommen . . .«, erwiderte Hicks nervös und blickte nach oben zu der steilen schwarzen Felswand.

Hicks steckte seine Fackel zwischen die Zähne, um die Hände freizuhaben, und begann den anderen hinterherzuklettern.

Es war ein gefährlicher Aufstieg. Die Felsen waren glitschig vom Schnee und die anderen Jungen waren so überdreht, dass sie viel zu schnell aufstiegen. Planlos machte einmal einen Fehltritt und stürzte – glücklicherweise auf Stinker, der ihn an der Hose erwischte und wieder auf den Felsen zog, bevor er sie alle in die Tiefe reißen konnte.

Als sie es schließlich zum Höhleneingang geschafft hatten, blickte Hicks kurz hinunter auf das Meer, das gegen die Felsen schlug, und schluckte schwer ...

»Löst die Seile!«, befahl Rotznase, seine Augen funkelten vor Aufregung bei dem Gedanken an die Gefahren, die sie erwarteten. »Hicks geht als Erstes in die Höhle, weil ... ER ja der Sohn des Häuptlings ist ...« Er höhnte: »Und wenn irgendein Drache wach ist, wird Hicks der Erste sein, der es erfährt! Sobald wir einmal in der Höhle sind, ist jeder auf sich allein gestellt. Nur die Starken gehören zu uns ...«

Auch wenn Hicks nicht der übliche hirnlose Rohling von Raufbold war, war er dennoch kein Feigling. Angst zu haben ist nicht das Gleiche wie ein Feigling zu sein. Vielleicht war er mindestens so tapfer wie alle anderen, denn er ging hinein, obwohl er genau wusste, wie gefährlich Drachen sind. Und nachdem er den halsbrecherischen Aufstieg zum Höhleneingang geschafft und festgestellt hatte, dass dahinter ein langer, kurvenreicher Tunnel kam, ging er dennoch weiter. Auch wenn er nicht gerade scharf auf lange, kurvenreiche Tunnel mit Drachen am Ende war.

Der Tunnel tropfte und war feucht. Manchmal war er hoch genug, um aufrecht gehen zu können. Dann verengte er sich wieder zu erschreckend schmalen Löchern, durch die man sich nur mühsam quetschen konnte. Die Jungen robbten auf dem Bauch und hielten die Fackeln zwischen den Zähnen.

Nach zehn langen Minuten, in denen sie ins Innere der Höhle vordrangen, nahm der Gestank nach Drachen – ein salziger Geruch nach Tang und alten Makrelenköpfen – immer mehr zu. Schließlich wurde er unerträglich und der Tunnel öffnete sich zu einer riesigen Höhle.

Hier befanden sich mehr Drachen, als Hicks sich je hätte vorstellen können.

Sie hatten jede mögliche Farbe und Größe und darunter befanden sich all die Rassen, von denen Hicks gehört hatte, und noch ein paar mehr, die er nicht kannte.

Hicks begann zu schwitzen, als er sich umsah. Er erblickte ganze Berge dieser Tiere, sie lagen überall; selbst von der Decke hingen sie wie riesige Fledermäuse. Sie lagen alle in tiefem Schlaf und die meisten schnarchten einheitlich. Das Schnarchen war so laut und so tief, dass es bis in Hicks' Bauch zu vibrieren und sein Herz zu zwingen schien, im Puls der Drachen zu schlagen.

Wenn einer, nur einer dieser zahllosen Drachen aufwachte, würde er die anderen alarmieren und die Jungen würden einen grausamen Tod erleiden. Hicks hatte einmal einen Hirsch gesehen, der zu nahe an das Kliff der Wilden Drachen gewandert war. – Er wurde innerhalb von Minuten in Stücke gerissen.

Hicks schloss die Augen. »Ich werde nicht daran denken«, sagte er sich. »OH NEIN!«

Auch keiner der anderen Jungen dachte daran.

Ahnungslosigkeit ist unter solchen Umständen sehr nützlich.

Die Augen der Jungen funkelten vor Aufregung, als sie durch die Höhle streiften, sich wegen des entsetzlichen Gestanks die Nasen zuhielten und nach dem größten Drachen suchten, der in ihren Korb passte.

Die Fackeln ließen sie auf einem Stoß am Eingang zurück. Die Höhle war bereits durch die Glühwürmer gut

WIKINGERDRACHEN UND IHRE MERKMALE

Extradicker Schädel

Böser Fall von Drachenakne

Der Gronckel

Der Gronckel ist der hässlichste unter den Drachen. Aber was ihm an Aussehen abgeht, gleicht er beim Kampf wieder aus. Gronckel können langsam und, ich möchte fast sagen, dumm sein – und manchmal werden sie so fett, dass sie gar nicht mehr fliegen können. Sie neigen auch zu Drachenakne.

MERKMALE UND BEWERTUNG NACH PUNKTEN (1–10)

Farben: Rotzgrün, Schlammbeige, Kackbraun

Ausstattung: Allerbeste Drachenwaffen.
Zähne wie Messer, Extrastachel im Nacken,
am Schwanzende stachelige Kugel. 8

Abwehr: Superdicke, feuerfeste und kratzfeste Haut 9

Radar: Nicht vorhanden. 0

Gift: Nicht vorhanden 0

Jagdfähigkeit: Gronckel sind beim Manöver
in der Luft langsam 0

Geschwindigkeit: Siehe oben 5

Furcht- und Kampffaktor:
In Aktion schreckenerregend 9

erhellt – träge Tiere, die hier und da mit einem stetigen, wenn auch fahlen Licht leuchteten, wie eine schwache Glühbirne. Und auch die Drachen sonderten beim Ein- und Ausatmen kleine, flackernde Lichter ab.

Selbstverständlich steuerten die meisten Jungen auf das absolut Hässlichste zu, was die Drachenwelt zu bieten hatte.

Rotznase machte eine große Show daraus, sich einen gemein aussehenden Riesenhaften Albtraum zu nehmen, und er grinste Hicks dabei höhnisch an. Rotznase war der Sohn von Sackasch dem Bierbauch, der wiederum Bärbeißers jüngerer Bruder war. Rotznase hatte vor, Hicks irgendwann in der Zukunft loszuwerden, damit er selbst der Häuptling der Räuberischen Raufbolde werden konnte. Und da Rotznase ein schrecklicher und furchterregender Häuptling sein wollte, brauchte er einen entsprechend eindrucksvollen Drachen.

Warzenschweini und Stinker stritten sich laut flüsternd um einen Gronckel, ein gepanzertes Untier mit Fangzähnen wie Küchenmesser, die so zahlreich aus seinem Maul ragten, dass er es gar nicht schließen konnte.

Stinker gewann und schaffte es dann, das Tier fallen zu lassen, als er es in seinen Korb stecken wollte. Der Panzer des Reptils schepperte ganz entsetzlich laut.

Der Gronckel öffnete seine bösen Krokodilaugen.

Alle hielten die Luft an.

Der Gronckel starrte vor sich hin. Bei seinem ausdruckslosen Glotzen war es schwer zu sagen, ob er wach war oder weiterschlief. Während der qualvollen Spannung bemerkte Hicks, dass das hauchdünne dritte Augenlid immer noch geschlossen war.

Und das blieb es auch, bis ... der Gronckel langsam seine beiden äußeren Augenlider ebenfalls wieder schloss.

Erstaunlicherweise erwachte keiner der anderen Drachen. Ein paar grummelten erschöpft, bevor sie es sich wieder bequem machten. Aber die meisten schliefen so tief, dass sie sich kaum bewegten.

Hicks atmete langsam wieder aus. Vielleicht lagen diese Drachen in einem so tiefen Winterschlaf, dass nichts sie wecken würde.

Er schluckte schwer, schickte ein Stoßgebet an den Schutzheiligen der Diebe und ging vorsichtig weiter, um den Drachen auszusuchen, der aussah, als schliefe er am allertiefsten.

Es ist eine kaum bekannte Tatsache, dass Drachen immer kälter werden, je tiefer sie schlafen.

Es ist sogar möglich, dass Drachen in ein Schlafkoma fallen, in dem sie eiskalt sind, ohne dass Puls, Atmung oder Herzschlag wahrzunehmen sind. Sie können jahrhundertelang in diesem Zustand bleiben und nur ein äußerst erfahrener Experte erkennt, ob sie am Leben oder tot sind.

Aber ein Drache, der wach ist oder nur leicht schläft, ist ziemlich warm, ungefähr so wie Brot, das gerade aus dem Ofen gekommen ist.

Hicks fand einen, der etwa die richtige Größe hatte und sich ziemlich kühl anfühlte, und schob ihn so schnell und vorsichtig er konnte in seinen Korb. Es war ein sehr einfacher Einfacher Brauner, aber in diesem Moment war das Hicks völlig egal. Obwohl der Drache kaum halb ausgewachsen war, war er erstaunlich schwer.

»Ich habe es GESCHAFFT, ich habe es geschafft!«, sang er glücklich vor sich hin. Zumindest wäre er nicht der einzige Junge, der keinen Drachen hätte. Inzwischen schien jeder sich einen gefangen zu haben und alle bewegten sich leise auf den Ausgang zu. Alle, das heißt bis auf ...

... Fischbein, der bereits von einem knallroten juckenden Ausschlag überzogen war. Genau in diesem Augenblick näherte er sich einem Stoß von ineinander verschlungenen Naddern – zwar auf Zehenspitzen, aber dennoch ziemlich laut.

Fischbein war im Anschleichen und Klauen noch schlechter als Stinker.

Hicks blieb wie versteinert stehen. »Tu's nicht, Fischbein, BITTE, tu's nicht!«, flüsterte er.

Aber Fischbein hatte es satt, ständig von Rotznase gehänselt zu werden und jemand zu sein, über den man sich lustig machte. Er würde sich einen echt supercoolen Drachen holen, mit dem er die anderen Jungen beeindrucken würde.

Er blinzelte so heftig, dass er den Haufen mit den Drachen kaum sehen konnte. Seine Augen tränten und er kratzte sich immer wieder heftig. Dennoch streckte Fischbein langsam die Hand aus und ergriff den untersten Drachen an einem Bein. Vorsichtig . . . zog er an.

Der ganze Stoß krachte in einem gewaltigen Durcheinander von Beinen, Flügeln und Ohren nach unten. Alle Jungen in der Höhle stießen einen entsetzten Seufzer aus.

Die meisten Naddern schnappten wütend nacheinander, bevor sie sich wieder zurechtlegten, um weiterzuschlafen. Einer jedoch, der größer war als die anderen, öffnete die Augen und blinzelte ein paarmal.

Hicks bemerkte erleichtert, dass das dritte Augenlid immer noch geschlossen war.

Die Jungen warteten darauf, dass die Augen sich wieder schlossen.

Und dann nieste Fischbein.

Viermal und so laut, dass es von den Höhlenwänden als Echo zurückhallte.

Der große Nadder glotzte vor sich hin, ohne etwas wahrzunehmen, wie erstarrt.

Doch sehr, sehr schwach begann ein unheimliches, knurrendes Geräusch in seiner Kehle aufzusteigen.

Und sehr, sehr langsam ...

... öffnete sich das dritte Augenlid.

»Auweia«, flüsterte Hicks.

Der Kopf des Nadders fuhr unvermittelt herum zu Fischbein. Seine gelben Katzenaugen erfassten den Jungen.

Er öffnete seine Flügel so weit es ging und näherte sich langsam wie ein Panther auf dem Sprung. Er öffnete sein Maul weit genug, um die gespaltene Drachenzunge zu zeigen, und ...

»L L L A A A U U U F F F!«, schrie Hicks, fasste Fischbein am Arm und zog ihn mit sich.

Die Jungen rannten auf den Ausgang zu. Fischbein und Hicks bildeten das Schlusslicht.

Es war keine Zeit, um die Fackeln aufzuheben, also rannten sie im Stockfinsteren. Der Korb mit dem Einfachen Braunen darin schlug gegen Hicks' Rücken.

Sie hatten ungefähr zwei Minuten Vorsprung vor den Drachen, denn es dauerte eine Weile, bis die anderen aufwachten. Doch Hicks konnte ein wütendes Knurren und Flügelschlagen hören, als die Drachen den Jungen in den Tunnel folgten.

Er legte an Geschwindigkeit zu.

Die Drachen waren eigentlich schneller als die Jungen, denn sie konnten im Dunkeln sehen, doch sie wurden aufgehalten, als der Tunnel schmaler wurde, weil sie ihre Flügel anlegen mussten, um hindurchzuschlüpfen.

»Ich ... hab ... keinen ... Drachen«, schnaufte Fischbein schwer, einige Schritte hinter Hicks.

»Das«, sagte Hicks, während er panisch auf den Ellbogen durch ein schmales Stück Tunnel robbte, »ist das LETZTE ... von ... autsch ... unseren Problemen. Sie holen uns ein!«

»Keinen ... Drachen«, wiederholte Fischbein stur.

»Ach, um Thors willen«, fuhr Hicks ihn an.

Er schob seinen Korb Fischbein in die Arme und nahm den leeren von Fischbeins Rücken. »Dann nimm eben MEINEN. Warte hier.«

Und Hicks drehte sich um und kroch zurück durch das schmale Stück, obwohl das Knurren jede Sekunde immer lauter wurde und näher kam.

»WAS ... TUST ... DU ... DENN???«, schrie Fischbein entsetzt.

Hicks kam nur wenig später wieder zurück. Fischbein packte ihn an einem Arm und half ihm heraus.

Sie hörten ein entsetzliches Schnüffeln, als ob die Nase eines Drachen bereits auftauchte. Hicks warf einen Stein danach und der Drache quiekte wütend.

Sie rannten um eine Ecke und plötzlich konnten sie Licht am Ende des letzten schmalen Tunnels sehen.

Fischbein kroch zuerst hinein, doch gerade als Hicks sich hinkniete, um ihm zu folgen, sprang ihn ein kreischender Drache an. Hicks versetzte ihm einen Schlag und schaffte es daraufhin weiterzukriechen. Da schlug ein anderer Drache – oder vielleicht auch der gleiche – seine Fangzähne in Hicks' Wade. In seinem verzweifelten Bemühen, endlich aus der Höhle zu kommen, zog Hicks den Drachen einfach mit sich.

Sobald Hicks' Kopf und Schultern draußen auftauchten, war Grobian auch schon zur Stelle. Er packte Hicks unter den Armen und zog ihn hinaus, während immer mehr Drachen aus der Höhle strömten.

»SPRING!«, schrie Grobian, während er einen der Drachen mit einem Schlag seiner mächtigen Faust bewusstlos schlug.

»Was meinst du mit SPRING?« Hicks zögerte, als er aus Schwindel erregender Höhe hinunter aufs Meer blickte.

»Keine Zeit zum Klettern«, schnaufte Grobian, während er die Köpfe einiger Drachen gegeneinander stieß und drei weitere von seinem riesigen Bauch pflückte. »SPRING!«

Hicks schloss die Augen und sprang vom Kliff.

Während er durch die Luft flog, öffnete der Drache, der immer noch an seinem Bein hing, mit einem erschrockenen Krächzen das Maul und flog davon.

Hicks erreichte eine solche Geschwindigkeit, dass er beim Eintauchen das Gefühl hatte, es sei gar kein Wasser, sondern ein hartes Brett.
Er kam spuckend an die Oberfläche, fast erstaunt, dass er anscheinend doch nicht tot war. Sofort wurde er von dem riesigen Wasserschwall, den Grobian verursachte, als er unweit neben ihm landete, wieder untergetaucht. Mit wütendem Krächzen schwärmten die Drachen aus der Höhle und flogen im Sturzflug auf die schwimmenden Wikinger.
Hicks zog seinen Helm so weit nach unten, wie es nur ging. Das Kratzen der Krallen auf den Helmen klang grässlich. Einer der Drachen landete auf dem Wasser genau vor Hicks' Gesicht. Doch als er merkte, wie kalt das Meer war, hob er mit einem Kreischen schnell wieder ab. Die Kälte und der Schnee gefielen den Drachen gar nicht und voller Erleichterung sah Hicks, wie sie sich in den warmen Höhleneingang zurückzogen und sich darauf beschränkten, von dort aus auf Drachenesisch furchtbare Drachenflüche zu kreischen.
Grobian begann, die Jungen aus dem Wasser zu ziehen. Wikinger sind an sich gute Schwimmer, aber es ist nicht gerade leicht zu schwimmen, wenn du einen Korb mit einem gefangenen, erschrockenen Drachen auf dem Rücken hast. Hicks war der Letzte, der an Land gezogen wurde – gerade noch rechtzeitig, denn die Kälte machte ihn schon schläfrig.

Tja, zumindest heißt es nicht TOD, dachte Hicks, als Grobian ihn am Hals packte, um ihn zu retten, wobei er ihn fast ertränkt hätte – doch es hieß ganz sicher auch nicht RUHM.

3. Helden oder Exil

Die Jungen schleppten sich über die schleimigen Kiesel am Strand und weiter hinauf zur Irrsinnsschlucht, die sie einige Stunden vorher herabgeklettert waren. Diese Schlucht war ein schmaler, mit großen Felsbrocken gefüllter Spalt in den Klippen. Sie versuchten so schnell sie konnten hochzusteigen, aber das ist schwierig, wenn man an riesigen, vereisten Steinen abrutscht. So kamen sie nur sehr langsam vorwärts.

Einer der Drachen ließ sich nicht vom Schnee abschrecken und stieß kreischend herunter in die Schlucht. Er landete auf Warzenschweinis Rücken und schlug ihm seine Fangzähne in Schultern und Arme. Grobian gab dem Drachen mit dem Stiel seiner Axt eins auf die Nase und der Drache ließ von ihm ab und flatterte davon.

Doch leider ersetzte ihn ein ganzer Schwarm anderer Drachen. Sie strömten mit fürchterlichem Krächzen in die Schlucht, Flammen schossen aus ihren Nasenlöchern und schmolzen den Schnee vor ihnen.

Grobian stellte sich breitbeinig hin und schwang seine große, doppelköpfige Axt. Er warf den Kopf zurück und stieß einen entsetzlichen Urschrei aus, der durch die Schlucht hallte und bei dem sich Hicks' Nackenhärchen aufstellten.

Wenn Drachen allein sind, haben sie meist einen gesunden Selbsterhaltungstrieb, doch im Rudel sind sie mutiger. Sie waren augenblicklich in der Überzahl, also flogen sie einfach weiter.

Grobian ließ die Axt los.

Die Axt stieg hinauf durch den leise fallenden Schnee und drehte sich dabei um sich selbst. Sie traf den Anführer des Rudels und tötete ihn auf der Stelle, dann landete sie in einer Schneewehe und versank.

Dies gab dem Rest der Drachen doch ziemlich zu denken. In ihrer hastigen Flucht rempelten sich manche gegenseitig an. Andere wiederum schwebten abwartend auf der Stelle und kreischten feindselig, hielten jedoch Abstand.

»Schade um die gute Axt«, knurrte Grobian. »Lauft weiter, Jungs, bevor sie zurückkommen!«

Hicks musste sich das nicht zweimal sagen lassen. Sobald er aus der Schlucht heraus und auf dem Sumpfland dahinter war, fing er an zu rennen, ab und zu stolperte er und stürzte vornüber in den Schnee, rappelte sich aber immer wieder hoch.

Nach einer Weile, als Grobian die Entfernung vom Kliff der Wilden Drachen für ausreichend hielt, befahl er den Jungen anzuhalten.

Sorgfältig zählte er die Köpfe, um sicherzugehen, dass er niemand verloren hatte. Grobian hatte bereits zehn unangenehme Minuten am Höhleneingang verbracht. Dabei hatte er sich gefragt, was der Höllenlärm zu bedeuten hatte und was er Bärbeißer dem Gewaltigen sagen würde, wenn er seinen geliebten Sohn und Erben für immer verloren hätte.

Natürlich etwas Taktvolles und Einfühlsames, aber Takt und Einfühlsamkeit waren nicht gerade Grobians Stärke. Und so hatte er bereits fünf Minuten gebraucht, bis ihm etwas einfiel wie »Hicks hat's erwischt. TUT MIR LEID.«. Die anderen fünf Minuten hatte er damit verbracht, sich beinahe den Bart auszureißen.

Entsprechend war er – obwohl er insgeheim mächtig erleichtert war – nicht in besonders guter Stimmung. Sobald er wieder Luft geschöpft hatte, explodierte er. Die Jungen standen dabei heftig zitternd und wie belämmert in einer Reihe vor ihm.

»NIEMALS ... in vierzehn Jahren ... habe ich eine so hoffnungslose Bande von Nieten gehabt wie euch. Wer von euch nutzlosen Gräten war schuld daran, dass die Drachen aufwachten?«

»Das war ich«, sagte Hicks. Was eigentlich nicht stimmte.

»Oh, das ist ja HERVORRAGEND«, bellte Grobian, »einfach HERVORRAGEND! Unser zukünftiger Anführer zeigt seine glänzenden Talente als Anführer. Im zarten Alter von zehneinhalb tut er sein Bestes, sich selbst und den Rest der Gruppe in einer einfachen militärischen Übung umzubringen!«

Rotznase kicherte.

»Du findest das lustig, Rotznase?«, fragte Grobian mit gefährlicher Ruhe. »Das gibt für alle die nächsten drei Wochen Napfschnecken.«

Die Jungen stöhnten.

»Erstklassige Arbeit, Hicks«, höhnte Rotznase. »Ich kann es kaum erwarten, dich auf dem Schlachtfeld in Aktion zu erleben.«

»RUHE!«, schrie Grobian. »Dies ist eure Reifeprüfung, kein Picknick! Ruhe, oder ihr werdet den Rest eures Lebens Köderwürmer zum Essen bekommen.«

»Also weiter«, fuhr Grobian etwas ruhiger fort. »Auch wenn das Ganze ein ziemliches Durcheinander war, war es ja wenigstens keine völlige Katastrophe. Ich nehme doch an, dass ihr zumindest alle einen Drachen habt . . .?«

»Ja«, schallte es im Chor.

Fischbein warf Hicks einen Blick von der Seite zu, doch der starrte einfach geradeaus.

»Euer Glück«, sagte Grobian bedeutungsvoll. »Also habt ihr zumindest alle den ersten Teil der Prüfung bestanden. Es gibt aber immer noch zwei Aufgaben, die ihr erfüllen müsst, bevor ihr vollwertige Mitglieder des Stammes seid. Eure nächste Aufgabe wird sein, euren Drachen selbst zu dressieren. Dadurch wird die Stärke eurer Persönlichkeit geprüft. Ihr werdet dieser wilden Kreatur euren Willen aufzwingen und ihr zeigen, wer der Meister ist. Euer Drache muss einfachen Befehlen wie ›Los‹ und ›Sitz‹ folgen und für euch Fische fangen, wie es die Drachen seit Menschengedenken für Thors Söhne getan haben. Wenn ihr nicht wisst, wie das geht, dann lest in einem Buch nach, das heißt: ›Drachenzähmen leicht gemacht‹, von Professor BLUBBER. Ihr findet es in der Großen Halle.«

Mit einem Mal sah Grobian sehr selbstzufrieden aus. »Ich selbst habe dieses Buch aus der Bibliothek der Dickschädel geklaut«, erklärte er bescheiden und betrachtete dabei seine außerordentlich schwarzen Fingernägel. »Geradewegs unter der Nase des Großen Bösen Bibliothekars weg ... Er hat es nicht einmal bemerkt ... So klaut man RICHTIG!«

Warzenschweini hob die Hand. »Was ist, wenn wir nicht lesen können?«

»Keine Angebereien, Warzenschweini!«, donnerte Grobian. »Such dir irgendeinen Idioten, der es dir vorliest. Eure Drachen werden weiterschlafen, weil es immer noch die Zeit für ihren Winterschlaf ist« – manche der Drachen in den Körben waren tatsächlich ziemlich still geworden – »also bringt sie nach Hause und legt sie an einen warmen Platz. In den nächsten Wochen müssten sie wieder aufwachen. Dann werdet ihr vier Monate Zeit haben, um sie auf die Reifeprüfung an Thors Tag vorzubereiten. Da kommt der letzte Teil eurer Prüfung. Wenn ihr an diesem Tag beweisen könnt, dass ihr euren Drachen zu meiner und der Zufriedenheit der anderen Ältesten des Stammes geschult habt, dann könnt ihr euch tatsächlich einen Raufbold von Wattnbengel nennen.«

Die Jungen standen alle sehr aufrecht da und versuchten auszusehen wie richtige Raufbolde.

»HELDEN ODER EXIL!«, schrie Grobian der Rülpser.

»HELDEN ODER EXIL!«, schrien acht Jungen fanatisch zurück.

Exil, dachten Hicks und Fischbein traurig.

»Ich . . . hasse . . . es . . . ein . . . Wikinger . . . zu . . . sein«, sagte Fischbein schwer atmend zu Hicks, als sie sich durch das Unterholz zum Dorf der Raufbolde zurückkämpften.

Auf der Insel Wattnbengel lief man nämlich nicht, man watete – durch Heidekraut oder Unterholz, durch Schlamm oder Schnee, der an den Beinen klebte und es immer schwieriger machte, sie zu heben. Es war die Art von Gegend, wo das Meer und das Land stets um Vorherrschaft kämpfen. Die Insel war voller Löcher, die das Wasser geschaffen hatte – ein Irrgarten von verzweigten unterirdischen Strömen. Man konnte den Fuß auf ein solide aussehendes Grasstück setzen und im nächsten Moment bis zum Oberschenkel in zähem schwarzem Schlamm stecken. Man konnte sich durch Farne kämpfen und mit einem Mal durch einen hüfthohen und eiskalten Fluss waten.

Die Jungen waren vom Meerwasser bereits bis auf die Knochen durchnässt. Inzwischen hatte sich der Schnee in Regen verwandelt, der in ihre Gesichter peitschte, getrieben von den heftigen Winden, die unentwegt über das salzige Ödland von Wattnbengel heulten.

»Einem furchtbaren Tod nur knapp entronnen«, beschwerte sich Fischbein, »gefolgt von völliger Ächtung durch die Jugend des Stammes ... Nach dieser Katastrophe wird jahrelang niemand mit mir reden – außer dir natürlich, Hicks, aber du bist ja auch nur so ein Versager wie ich ...«

»Vielen Dank«, sagte Hicks.

»Und als Krönung«, fuhr Fischbein bitter fort, »ein Marsch von zwei Meilen mit einem durchgeknallten Drachen auf dem Rücken.« Der Korb auf Fischbeins Rücken wackelte heftig hin und her, da der Drache darin panisch versuchte herauszukommen. »Und was erwartet uns am Ende? Ein Abendessen aus grauenhaften Napfschnecken!«

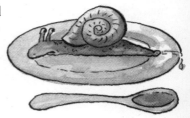

Hicks pflichtete ihm bei, dass das nicht gerade eine tolle Aussicht war.

»Du kannst den Drachen wiederhaben, wenn du willst, Hicks. Aber ich warne dich, die sind ziemlich schwer, wenn sie nass und wütend sind«, sagte Fischbein düster. »Grobian wird in die Luft gehen, wenn er herausfindet, dass du keinen Drachen hast.«

»Aber ich habe doch einen«, widersprach Hicks.

Fischbein blieb stehen, um den Korb von seinem Rücken zu nehmen. »Ich weiß, dass es ja eigentlich deiner ist«, seufzte er düster. »Ich denke, ich werde einfach am Dorf vorbei – und immer weitermarschieren, bis ich irgendeine zivilisierte Gegend erreiche. Rom vielleicht. Ich wollte immer schon mal nach Rom. Und ich glaube sowieso nicht, dass ich die Reifeprüfung bestehe, also . . .«

»Nein, ich habe NOCH einen. In meinem Korb«, erklärte Hicks.

Fischbein blieb ungläubig der Mund offen stehen.

»Ich habe ihn gefunden, als ich zurück in den Tunnel ging«, erklärte Hicks.

»Also, da hol mich doch der weiße Hai«, rief Fischbein aus. »Wie in Thors Namen hast du gewusst, dass er da war? Es war so dunkel, dass man ja die Hörner vor sich nicht sehen konnte.«

»Es war ziemlich verrückt«, erklärte Hicks. »Ich habe es irgendwie gespürt, als wir den Tunnel entlangrannten. Ich konnte nichts sehen, aber als wir daran vorbeikamen, wusste ich einfach, dass da ein Drache war und dass es MEIN Drache sein sollte. Ich wollte eigentlich nicht darauf achten, denn wir hatten es ja ziemlich eilig, aber dann hast du gesagt, dass du keinen Drachen hättest und ich ging zurück und . . . da war er. Er lag dort im Tunnel, genau wie ich es gefühlt hatte.«

»Also, Hai lass nach«, sagte Fischbein und sie gingen wieder weiter.

Hicks hatte überall blaue Flecken und zitterte noch vor Schock. Außerdem hatte er einen bösen Drachenbiss in der Wade, der vom Salzwasser brannte. Ihm war eiskalt und in einer seiner Sandalen steckte ein Rest Algen.

Er war auch ziemlich nachdenklich, denn er wusste, er hätte nicht sein Leben aufs Spiel setzen sollen, um für Fischbein einen Drachen zu holen. So handelte kein heldenhafter Wikinger. Ein heldenhafter Wikinger hätte gewusst, dass er sich nicht in Fischbeins Schicksal einmischen sollte.

Andererseits hatte Hicks sich, seit er denken konnte, vor dem Tag des Drachenfangens gefürchtet. Er war sich sicher gewesen, dass er der Einzige wäre, der ohne einen Drachen zurückkäme, und dass Schande und das entsetzliche Exil folgen würden.

Und jetzt war alles ganz anders: Er war ein Krieger der Wikinger MIT einem Drachen.

Also war er eigentlich mit sich ganz zufrieden.

Die Dinge sahen langsam besser aus.

»Weißt du, Hicks«, sagte Fischbein ein wenig später, als

die hölzernen Befestigungsanlagen des Dorfes am Horizont in Sicht kamen, »das klingt nach Schicksal, dass du die Anwesenheit des Drachens gespürt hast. Das könnte Bestimmung sein. Du könntest eine Art Wunderdrachen da drin haben. Einen Drachen, neben dem ein Riesenhafter Albtraum aussieht wie ein fliegender Frosch! Du bist schließlich der Sohn und Erbe von Häuptling Bärbeißer, und es wird langsam Zeit, dass das Schicksal dir zu deiner Bestimmung ein Zeichen gibt.«

Die Jungen hielten an, schwer atmend vor Erschöpfung.

»Ach, bestimmt ist es nur ein Gewöhnlicher oder Felddrache, der sich von dem Rest abgesondert hat«, sagte Hicks und versuchte so zu klingen, als sei es ihm völlig egal. Doch es gelang ihm nicht ganz, die Aufregung aus seiner Stimme zu verbannen. Er konnte schließlich tatsächlich etwas unglaublich Tolles in seinem Korb haben!

Vielleicht hatte Alt Faltl Recht. Alt Faltl war Hicks' Großvater mütterlicherseits. Er hatte im Alter mit Wahrsagen angefangen und er erzählte Hicks ständig, dass er in die Zukunft geblickt hätte und Hicks für große Dinge auserwählt sei.

Dieser geheimnisvolle Drache konnte der Anfang einer unglaublichen Veränderung sein – vom gewöhnlichen alten Hicks, der nicht besonders gut in irgendetwas war, zum Helden der Zukunft!

Hicks nahm den Korb von seinem Rücken und atmete tief durch, bevor er ihn öffnete.

»Er ist ziemlich still, oder?«, stellte Fischbein fest, der

sich plötzlich nicht mehr so sicher war, was die Schicksalstheorie betraf. »Ich meine, er bewegt sich überhaupt nicht. Bist du sicher, dass er lebt?«

»Er schläft einfach nur sehr fest«, sagte Hicks. »Er war eiskalt, als ich ihn nahm.«

Plötzlich hatte er das starke Gefühl, dass die Götter auf seiner Seite waren. Er wusste, dass dieser Drache am Leben war.

Mit zitternden Fingern löste Hicks den Riemen und nahm den Deckel des Korbes ab, um hineinzuspähen. Fischbein schaute ebenfalls hinein. Die Dinge sahen nicht mehr so gut aus.

Auf dem Boden des Korbes, fest schlafend und nach Drachenart zusammengerollt, lag der vielleicht gewöhnlichste Gewöhnliche oder Felddrache, den Hicks je gesehen hatte.

Das absolut einzige Einzigartige an diesem Drachen war, wie einzigartig KLEIN er war. In dieser Hinsicht war er tatsächlich einzigartig.

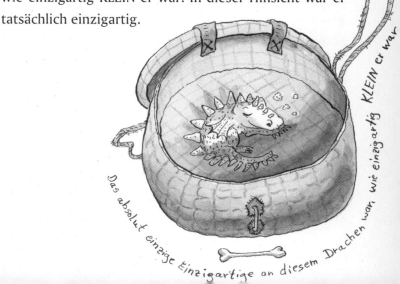

Das absolut einzige Einzigartige an diesem Drachen war, wie einzigartig KLEIN er war

Die meisten Drachen, die von den Wikingern zum Jagen verwendet wurden, hatten ungefähr die Größe eines Labradors. Die jungen Drachen, die von den Jungen gefangen wurden, waren noch nicht ganz so groß. Dieser Drache hier war allerdings eher mit einem Terrier vergleichbar.

Hicks konnte nicht verstehen, dass er das nicht gemerkt hatte, als er den Drachen im Tunnel genommen hatte. Wahrscheinlich, dachte er geknickt, war ich damals eben ziemlich unter Druck gewesen, mit dreitausend Drachen, die mich gerade umbringen wollten. Und Drachen in einem tiefen Schlafkoma wiegen auch meist mehr, als wenn sie wach sind.

»Na ja«, sagte Hicks schließlich. »Das ist auch ein Zeichen. Du greifst nach einem Tödlichen Nadder und was bekommst du? Einen Einfachen Braunen. Ich greife mir im Dunkeln einen Drachen und was bekomme ich? Einen Gewöhnlichen oder Felddrachen. Es ist so: Die Götter sagen uns eben, dass wir zum Gewöhnlichen oder Feldvolk gehören, Fischbein. Du und ich, wir sind nicht dazu auserwählt, Helden zu sein.«

»Bei mir ist es ja eigentlich ziemlich egal«, meinte Fischbein, »aber du bist schließlich dazu bestimmt, ein Held zu sein. Weißt du noch? Du bist doch der Häuptlingssohn und alles. Und ich sag dir, du wirst auch ein Held sein, ich weiß es genau . . .« Fischbein hob den Korb zurück aufs Hicks' Rücken und sie trotteten zusammen auf die Tore des Dorfes zu.

». . . na ja, zumindest hoffe ich es. Ich möchte nicht Rotznase in die Schlacht folgen müssen. Du hast mehr Ahnung von militärischer Taktik in deinem kleinen Finger als Rotznase in seinem ganzen aufgeblasenen Kopf . . .«

Auch wenn das wahr sein mochte, würde Hicks jedoch gewiss nicht der zukünftige Star der Drachendressur sein. Mit genau diesem Drachen würde es ihm sogar noch schwerfallen, seinen üblichen Platz einzunehmen und meist unbemerkt zu bleiben.

Dieser Drache war so klein, dass Hicks sich völlig lächerlich machen würde.

Er war so klein, dass Rotznase einige sehr unangenehme Dinge sagen würde.

4. Drachenzähmen leicht gemacht

»HA, HA, HA!«
Rotznase lachte so sehr, dass er es gar nicht schaffte, irgendetwas zu sagen.
Die Jungen lungerten noch an den Toren herum und nahmen die Gelegenheit wahr, sich die Drachen zu zeigen, die sie gefangen hatten. Hicks hatte versucht einfach durchs Tor zu gehen, doch Rotznase hatte ihn angehalten.
»Schauen wir doch mal, was dieser jämmerliche Hicks sich geholt hat«, sagte Rotznase und nahm den Deckel ab.
»Oh, das ist ja TOLL – seht euch das mal an!«, rief Rotznase, als er schließlich wieder Luft holen konnte. »Was ist das denn, Hicks? Ein klitzekleiner brauner Hase mit Flügeln? Eine Blumenfee? Ein süßer, kleiner Laubfrosch? Heh, kommt mal alle her und seht euch das supertolle Tier an, das unser zukünftiger Anführer sich geholt hat!«
»Oh Mann, Hicks, du bist echt absolut nutzlos«, krähte Fausti. »Um Thors willen, du bist doch angeblich der Sohn eines HÄUPTLINGS. Warum hast du dir denn nicht einen Riesenhaften Albtraum geholt mit Flügeln von zwei Metern Spannweite und den extra ausfahrbaren Klauen? Das sind echt gemeine Killer.«

»Ich hab einen«, grinste Rotznase und deutete auf den Angst einflößend aussehenden blutroten Drachen, der schlafend in seinem Korb lag. »Ich denke, ich werde ihn FEUERWURM nennen. Wie willst du denn deinen nennen, Hicks? Vielleicht Süße? Oder Zuckerschnäuzchen? Babygesicht?«

Hicks' Drache wählte just diesen Moment, um das Maul in einem ausgedehnten Gähnen weit aufzureißen. Er enthüllte dabei eine gespaltene Zunge, sehr rosafarbenes Zahnfleisch und ABSOLUT KEINE ZÄHNE. Rotznase lachte so sehr, dass Stinker ihn halten musste.

»ZAHNLOS!«, rief Rotznase. »Hicks hat sich den einzigen zahnlosen Drachen in der Unzivilisierten Welt ausgesucht! Das ist einfach zu gut, um wahr zu sein. Hicks der NUTZLOSE und sein Drache ZAHNLOS!« Fischbein kam Hicks zu Hilfe.

»Tja, dir ist es jedenfalls nicht erlaubt, diesen Riesenhaften Albtraum zu behalten, Rotznase Rotzgesicht. Nur dem Sohn eines Häuptlings ist das gestattet. Dieser Feuerwurm gehört rechtmäßig eigentlich Hicks.«

Rotznases Augen wurden schmal. Er packte Fischbeins Arm und verdrehte ihn gemein auf seinem Rücken.

»Niemand hört auf dich, du planktonherziges, fischbeiniges Katastrophengebiet«, höhnte Rotznase. »Dank dir und deiner schniefenden, niesenden Unfähigkeit wäre die ganze militärische Operation fast zu einem Reinfall geworden. Wenn ich erst mal Häuptling dieses Stammes bin, werde ich als Erstes jeden mit einer albernen Allergie wie deiner sofort ins Exil schicken. Du kannst einfach kein Raufbold sein!«

Fischbein wurde kreidebleich, aber er schaffte es dennoch hervorzustoßen: »Aber du wirst NICHT der Häuptling dieses Stammes sein. Hicks wird der Häuptling dieses Stammes sein.«

Rotznase ließ Fischbeins Arm los und näherte sich drohend Hicks.

»Ach ja, wird er das?«, höhnte Rotznase. »Also darf ich diesen Riesenhaften Albtraum nicht behalten, ja? Unser zukünftiger Anführer sagt aber gar nichts dazu, oder? Komm schon, Hicks, ich habe das, was dir zusteht. Was wirst du denn dagegen unternehmen, ha?«

Die Jungen sahen alle ernst drein. Rotznase hatte tatsächlich eine alte Wikingerregel gebrochen.

»Hicks müsste dich eigentlich wegen des Drachen fordern«, sagte Fischbein langsam und alle wirbelten herum, um Hicks erwartungsvoll anzusehen.

»Oh, klasse!«, murrte Hicks leise. »Vielen Dank auch, Fischbein. Mein Tag wird immer besser und besser.«

Rotznase war ein großer, stämmiger Junge, der, was das Verprügeln betraf, Stinkers Hilfe an sich gar nicht benötigte. Er trug besondere Sandalen, deren Spitzen mit Bronze verstärkt waren, um größtmöglichen Schaden anzurichten, wenn er damit nach anderen trat. Hicks versuchte normalerweise, so gut es ging, ihm aus dem Weg zu gehen.

Aber nachdem Fischbein jetzt freundlicherweise auf die Beleidigung seines Ranges aufmerksam gemacht hatte, konnte er das nicht ignorieren, ohne vor den anderen Jungen als Feigling dazustehen. Und wenn man im Stamm der Raufbolde als Feigling galt, konnte man genauso gut aufs Ganze gehen und ein hellrosa Wams tragen, Harfe spielen und seinen Namen in Ermintrude ändern.

»Ich fordere dich, Rotznase Rotzgesicht, wegen des Drachen Feuerwurm, der rechtmäßig mir zusteht«, sagte Hicks und versuchte seine Lustlosigkeit dadurch zu verbergen, indem er so laut und förmlich sprach, wie er konnte.

»Ich nehme deine Herausforderung an«, sagte Rotznase sofort und grinste über sein ganzes Rotzgesicht. »Axt oder Faust?«

»Faust«, sagte Hicks. Denn Axt wäre eine WIRKLICH schlechte Idee.

»Ich freue mich darauf, dir zu zeigen, wie ein echter Held kämpft«, sagte Rotznase und dann fiel ihm noch etwas ein. »Aber erst NACH dem Prüfungsding an Thors Tag. Ich will mir nicht die Zehe verstauchen oder so was, wenn ich dich durchs ganze Dorf prügle.«

»Hicks könnte auch gewinnen«, warf Fischbein ein.

»NATÜRLICH wird er nicht gewinnen«, prahlte Rotznase. »Jeder weiß, wie gut ich im Kampf bin, welchen Wikingermut ich habe und wie rücksichtslos gewalttätig ich sein kann. Mein Sieg ist so sicher, wie ich eines Tages der Häuptling dieses Stammes sein werde. Ich meine, seht euch meinen Drachen an und dann SEINEN.« Er deutete spöttisch auf Zahnlos. »Die Götter haben gesprochen. Es ist nur eine Frage der Zeit.«

»Und bis zu unserem Kampf«, fuhr Rotznase fort, »werde

ich in tiefer Furcht leben, von Hicks' Angst einflößender, zahnloser Schildkröte zu Tode gelutscht zu werden.«
Rotznase drehte sich würdevoll um, gab Hicks jedoch dabei einen gemeinen Tritt gegen das Schienbein.

»Tut mir leid wegen der Herausforderung«, entschuldigte sich Fischbein, nachdem sie ihre Körbe mit den Drachen bei sich zu Hause unter den Betten gelassen hatten.
»Ach, mach dir deswegen keine Gedanken«, sagte Hicks. »Irgendjemand hätte mich sowieso eines Tages dazu herausgefordert. Du weißt ja, wie sehr sie alle Kämpfe lieben.«
Fischbein und Hicks waren auf dem Weg in die Große Halle, um sich das Buch anzusehen, das Grobian empfohlen hatte: ›Drachenzähmen leicht gemacht‹ von Professor Blubber.
»Zufällig«, gestand Hicks, »weiß ich bereits ein wenig über Drachen, aber ich habe nicht die nebelhafteste Ahnung, wie man sie zähmt. Ich hätte gesagt, sie sind eigentlich fast unzähmbar. Ich bin wirklich froh, ein paar Tipps zu bekommen.«
Die Große Halle war ein einziges Durcheinander von jungen Barbaren, die kämpften, schrien und das sehr beliebte Wikingerspiel Bummsball spielten. Das war ein sehr gewalttätiger Sport, mit viel Feindkontakt und wenig Regeln.

Hicks und Fischbein entdeckten das Buch vor dem Kamin, beinahe schon im Feuer.

Hicks hatte es nie vorher bemerkt.

Er öffnete das Buch.

(Ich habe hier eine Kopie von »Drachenzähmen leicht gemacht« von Professor Blubber beigefügt – damit jeder mit Hicks die Erfahrung teilen kann, das Buch zum ersten Mal zu öffnen, voller Hoffnung und Interesse und Erwartung. Man muss sich vorstellen, dass der Umschlag eigentlich sehr dick ist, mit riesigen goldenen Schnallen und obendrein mit schicker Goldschrift verziert. Es sieht wirklich sehr eindrucksvoll aus.)

Dieses Buch ist
meiner Mammi gewidmet,
in Liebe, dein guter Blubbi.

Copyright Prof. Blubber
Finsteres Mittelalter

Der Verlag Axt im Walde Bücher
GmbH weist darauf hin, dass er
keinerlei Verantwortung übernimmt
für irgendwelche Verletzungen, die
daraus entstehen könnten, dass
irgendein Leser oder eine Leserin den
Ratschlägen folgt, die in diesem Buch
gegeben werden. Besten Dank für
Ihre Aufmerksamkeit.

Beowulf ist ein Weichei

Dickschädelige öffentliche Bibliothek

Mitteilung des Großen Bösen Bibliothekars: Bitte gebt dieses Buch am Tag des Datumsstempels oder vorher zurück, sonst muss ich <u>sehr böse</u> werden. Ich denke, ihr wisst, was ich meine.

10. JUNI	789	AD
9. APRIL	835	AD
16. MAI	866	AD

Wenn du dieses Buch klaust,
kriegst du eins auf die Hörner!!!

Über den Autor

Professor Blubber (Dr. von, zu, über und unter allen Wissenschaften) hat viele Jahre in der Wildnis verbracht, um Drachen in ihrer natürlichen Umgebung zu beobachten. Dieses Buch ist eine Zusammenfassung seiner Forschungen und ein Standardwerk über diese faszinierenden Wesen.

Professor Blubber lebt alleine in einer Höhle auf einer der Inseln des Verderbens. Er ist der Autor von »Mit deinem Killerwal auf Du und Du«, und »Haie und andere große Schoßtiere«.

Derzeit arbeitet er an einem Buch über Schmetterlinge.

Das erste
(und letzte) Kapitel

Die Goldene Regel
des Drachenzähmens ist ...

SCHREI IHN AN!

(Je lauter desto besser.)
ENDE

Wie würden SIE einen Drachen zähmen?

Lesen Sie dieses Buch, dann erfahren Sie ALL die Antworten in Prof. Blubbers äußerst informativem und unterhaltsamen Buch. Folgen Sie seinem einfachen Rat und Sie werden bald auf dem Weg sein, der Held zu werden, der Sie immer sein wollten ...

Lob für »Drachenzähmen leicht gemacht«:
»Dieses Buch hat mein Leben verändert.«
Krakenbein der Gräuliche

»Ein ausgezeichnetes Buch.«
Dickschädelige Zeitung

»Niemand schreit besser als Professor Blubber. Dies ist ein einfühlsames und gut recherchiertes Buch, das all die Informationen enthält, die Sie brauchen, um Ihren Drachen in eine Schmusekatze zu verwandeln.«
Der Neue Raufbold

»Blubber ist ein Genie.«
Wikinger Tagblatt

Preis: 1 kleines Hühnchen, 20 Austern

»Das ist alles?!«, rief Hicks wütend aus, drehte das Buch um und schüttelte es, als ob noch etwas anderes darin sein müsste als diese einzige Seite.

Dann legte er das Buch weg. Sein Gesicht war ungewöhnlich ernst und entschlossen.

»Okay, Fischbein«, sagte er, »wenn du im Schreien nicht besser bist als ich, sind wir auf uns selbst gestellt. Wir werden unsere eigene Methode der Drachendressur entwickeln müssen.«

5. Plauderei mit Alt Faltl

Am nächsten Morgen sah Hicks nach dem Drachen unter seinem Bett. Er schlief immer noch.
Als seine Mutter Valhallarama ihn beim Frühstück fragte: »Wie ging es dir denn bei der Reifeprüfung gestern, mein Schatz?«, antwortete Hicks: »Oh, alles bestens. Ich habe meinen Drachen gefangen.«
»Das ist aber schön, mein Schatz«, erwiderte Valhallarama. Bärbeißer der Gewaltige sah kurz von seiner Schüssel auf und brüllte: »Ausgezeichnet, ausgezeichnet«, bevor er sich wieder der wichtigen Aufgabe zuwandte, Essen in seinen Mund zu schaufeln.
Nach dem Frühstück ging Hicks hinaus und setzte sich vor die Tür neben seinen Großvater, der dort Pfeife rauchte. Es war ein herrlicher, kalter, klarer Wintermorgen ohne auch nur ein Lüftchen und das Meer war ruhig.
Alt Faltl blies zufrieden seine Rauchringe, während er den Sonnenaufgang beobachtete. Hicks schauderte ein wenig in der Kälte und warf Steine ins Unterholz. Eine ganze Weile sprach keiner von beiden. Schließlich sagte Hicks: »Ich habe den Drachen.«
»Ich sagte doch, du würdest ihn kriegen, oder?«, erwiderte Alt Faltl, sehr zufrieden mit sich selbst. Alt Faltl hatte

das Wahrsagen auf seine alten Tage bislang ziemlich erfolglos begonnen. In die Zukunft zu sehen ist eine komplizierte Sache. Also war er besonders erfreut, dass er diesmal recht gehabt hatte.

»Etwas Außergewöhnliches, hast du gesagt«, erinnerte ihn Hicks. »Ein wirklich ungewöhnlicher Drache, hast du gesagt. Einer, mit dem ich richtig auffallen würde.«

»Unbedingt«, stimmte Alt Faltl zu. »Die Zeichen waren ganz deutlich.«

»Das einzige Außergewöhnliche an diesem Drachen«, fuhr Hicks fort, »ist, wie außerordentlich KLEIN er ist. Darin ist er echt superungewöhnlich. Jetzt lachen alle nur noch mehr über mich als sonst.«

»Oje«, sagte Alt Faltl und gluckste keuchend über seiner Pfeife.

Hicks sah ihn vorwurfsvoll an. Alt Faltl verwandelte das Glucksen schnell in ein Husten.

»Größe ist relativ, Hicks«, sagte Alt Faltl. »ALL diese Drachen sind winzig, verglichen mit einem echten Meeresdrachen. Ein ECHTER Meeresdrache ist fünfzigmal so groß wie die. Ein echter Meeresdrache vom Grunde des Ozeans kann zehn große Wikingerschiffe in einem einzigen Happen verschlingen und es nicht einmal bemerken. Ein echter Meeresdrache ist grausam, rücksichtslos und unberechenbar wie der große Ozean selbst – in einem Moment so ruhig wie ein Goldfisch, im nächsten rasend wie ein Oktopus.«

»Tja, hier auf Wattnbengel«, sagte Hicks, »wo wir keine Meeresdrachen zum Vergleich haben, ist mein Drache einfach nur auffallend kleiner als die von allen anderen. Du weichst vom Thema ab.«
»Tu ich das?«, fragte Alt Faltl.
»Ich meine, ich sehe einfach nicht, wie ich jemals ein Held werden soll«, sagte Hicks düster. »Ich bin der am wenigsten heldenhafte Junge im ganzen Stamm der Raufbolde.«
»Ach was, dieser alberne Stamm«, winkte Alt Faltl ab. »Also gut, du bist nicht das, was wir einen geborenen Helden nennen. Du bist nicht groß und gemein und rücksichtslos wie Rotznase. Aber du musst einfach nur an dir arbeiten. Du wirst eben auf die harte Weise lernen müssen, wie man ein Held wird.« Alt Faltl machte eine Pause und fuhr dann fort: »Außerdem ist es vielleicht genau das, was dieser Stamm braucht, einen Wechsel im Führungsstil. Denn es ist nämlich so: Die Zeiten ändern sich. Wir können nicht immer so weitermachen und einfach nur größer und gewalttätiger als alle anderen sein. EINFALLSREICHTUM. Das ist es, was gebraucht wird und was du besitzt. Der Held der Zukunft muss klug und einfallsreich sein, nicht nur ein großer Kerl mit überentwickelten Muskeln. Er wird verhindern müssen, dass sich alle ständig untereinander bekriegen, anstatt dem Feind geschlossen gegenüberzutreten.«
»Und wie soll ich irgendjemand dazu bringen, irgendet-

was zu tun?«, fragte Hicks. »Sie haben schon angefangen, mich HICKS DER NUTZLOSE zu nennen. Das ist nicht gerade ein toller Name für einen Anführer.«

»Du musst alles im großen Zusammenhang sehen, Hicks«, fuhr Alt Faltl fort und achtete nicht auf seinen Einwurf. »Du hast ein paar Spitznamen. Du bist nicht für Bummsball geboren. Was soll's? Das sind sehr kleine Probleme im großen Weltzusammenhang.«

»Du kannst leicht sagen, das sind kleine Probleme«, erwiderte Hicks gereizt, »aber ich habe eine ganze MENGE kleiner Probleme. Ich muss diesen winzigen Drachen rechtzei-

tig zu Thors Tag dressiert haben oder ich werde für immer aus dem Stamm der Raufbolde ausgeschlossen.«

»Oh . . . ja«, sagte Alt Faltl nachdenklich. »Es gibt ein Buch darüber, oder? Was schlägt denn der große Professor der Dickschädel-Universität dazu vor?«

»Er rät, ihn anzuschreien«, sagte Hicks düster und warf erneut Steinchen. »Zeig der Bestie, wer der Meister ist, rein durch deine Ausstrahlung und Persönlichkeit. So was in der Art. Ich habe ungefähr so viel Ausstrahlung wie eine gestrandete Qualle und Schreien ist leider noch etwas, worin ich völlig nutzlos bin.«

»Hmmm«, meinte Alt Faltl nachdenklich, »aber vielleicht musst du deinen Drachen dann eben auf andere Weise dressieren. Du weißt doch ziemlich viel über Drachen, Hicks, oder? All die Jahre hast du die Drachen schon beobachtet.«

»Das ist ein Geheimnis«, sagte Hicks verlegen.

»Ich habe gesehen, wie du mit ihnen gesprochen hast«, sagte Alt Faltl.

»Das STIMMT NICHT«, protestierte Hicks und wurde knallrot.

»Schon gut«, sagte Alt Faltl beruhigend und zog gelassen an seiner Pfeife, »dann stimmt es eben nicht.«

Eine Weile herrschte Schweigen.

»Also gut, es stimmt«, gab Hicks zu, »aber um Thors willen, erzähl es niemandem. Keiner würde es verstehen.«

»Mit Drachen reden zu können, ist eine sehr ungewöhnliche Fähigkeit«, sagte Alt Faltl. »Vielleicht kannst du einen Drachen besser dressieren, wenn du mit ihm sprichst, als wenn du ihn anschreist.«

»Na toll!«, sagte Hicks, »wirklich ein sehr interessanter Gedanke. Aber ein Drache ist kein gehorsames Schoßtier wie ein Hund, eine Katze oder ein Pony. Ein Drache tut nicht einfach, was du sagst, nur weil du ihn ganz lieb bittest. Nach dem, was ich über Drachen weiß«, sagte Hicks, »muss ich sagen, dass Schreien vielleicht nicht einmal die schlechteste Methode ist.«

»Aber sie hat auch ihre Grenzen, oder?«, warf Alt Faltl ein. »Ich würde sagen, dass Schreien sehr wirksam ist bei jedem Drachen, der kleiner ist als ein Seelöwe. Aber auf jeden Fall Selbstmord, wenn du es bei irgendeinem größeren versuchst. Warum denkst du dir nicht selbst eine neue Methode aus? Du könntest sogar in der Lage sein, Professor Blubbers Buch zu ergänzen. Ich habe oft gedacht, dass dieses Buch etwas mehr . . . ich weiß nicht genau, was, benötigt.«

»WORTE«, sagte Hicks. »Dieses Buch bräuchte eine ganze Menge mehr Worte.«

6. Inzwischen tief im Ozean

Inzwischen lag tief im Ozean, aber gar nicht so weit weg von der Insel Wattnbengel, ein echter Meeresdrache, wie Alt Faltl ihn beschrieben hatte, schlafend auf dem Meeresgrund. Er war tatsächlich unbeschreiblich groß. Er lag dort schon so lange, dass er fast Teil des Meeres selbst zu sein schien, ein großer Unterwasser-Berg, bedeckt mit Muscheln und Krebsen, manche seiner Glieder halb im Sand versteckt.

Generationen über Generationen von kleinen Einsiedler-

krebsen waren in diesen Drachenohren geboren und gestorben. Hunderte und Aberhunderte von Jahren hatte der Drache geschlafen, denn er hatte eine ziemlich große Mahlzeit zu verdauen. Er hatte das Glück gehabt, eine vom Rest des Heeres abgeschnittene römische Legion zu erwischen, die auf einem Kliff lagerte. Der Drache hatte einen vergnüglichen Nachmittag damit verbracht, die ganze Truppe zu verschlingen, vom kommandierenden Offizier bis hin zum gewöhnlichen Soldaten. Pferde, Wagen, Schilde und Speere, die ganze Ausrüstung verschwand im gierigen Schlund des Reptils. Und obwohl Dinge wie goldene Wagenräder willkommene Ballaststoffe im Speiseplan eines Drachen darstellen, dauert es doch seine Zeit, bis sie verdaut sind.

Der Drache war hinuntergekrochen in die Tiefen des Ozeans und in ein Schlafkoma gefallen. Drachen können eine Ewigkeit in diesem reglosen Zustand bleiben, halb tot, halb am Leben, begraben unter gewaltigen eiskalten Wassermassen. Seit sechs oder sieben Jahrhunderten hatte sich kein Muskel dieses Drachen bewegt.

Doch in der letzten Woche hatte ein Killerwal, der hier auf Robbenjagd gewesen war, zu seiner Überraschung eine schwache Bewegung im Oberlid des rechten Drachenauges bemerkt. Eine uralte Erinnerung regte sich im Gehirn des Wales und er schwamm so weit weg, wie seine Flossen ihn trugen. Und eine Woche später war das Meer um den Drachenberg – das sonst vor Krabben, Hummern und Fischschwärmen nur so wimmelte – eine große Unterwasserwüste. Keine Schnecke regte sich, keine Muschel war zu sehen.

Das einzige Zeichen von Leben meilenweit war das schnelle Zucken von beiden Lidern des Drachen. Sie flatterten, als sei der Schlaf des Drachen plötzlich leichter geworden und er träumte wer weiß welche dunklen Träume.

7. Zahnlos wacht auf

Etwa drei Wochen später wachte Zahnlos auf. Fischbein und Hicks waren bei Hicks zu Hause. Sonst war niemand daheim, also beschloss Hicks, die Gelegenheit zu nutzen, um in den Drachenkorb zu schauen. Er zog ihn unter seinem Bett hervor. Ein dünner blaugrauer Rauchfaden stieg aus dem Spalt unter dem Deckel hervor. Fischbein stieß einen Pfiff aus. »Er ist schon wach«, stellte er fest. »Also los.«

Hicks öffnete den Korb. Der Rauch stieg jetzt in einer dicken Wolke auf und brachte Hicks und Fischbein zum Husten. Hicks wedelte den Rauch fort. Sobald seine Augen nicht mehr tränten, konnte er einen sehr kleinen Gewöhnlichen Drachen sehen, der ihn aus großen, unschuldigen grasgrünen Augen ansah.

»*Hallo Zahnlos, wie geht's?*«,* sagte Hicks, in – wie er hoffte – korrekt gesprochenem Drachenesisch.

»Was tust du denn?«, fragte Fischbein neugierig. Drachenesisch wird nämlich mit schrillem Kreischen und knatternden Geräuschen gesprochen und klingt SEHR außergewöhnlich, wenn es von einem Menschen gesprochen wird.

---

* Das wird natürlich anders gesprochen, nämlich: »*Haaalloo, Zaahnloos, wiegedds?*«, aber ich habe es für jene Leser, deren Drachenesisch nicht so gut ist, übersetzt. Bitte lesen Sie Hicks' Buch »Drachenesisch lernen«, wenn Sie eine schnelle Einführung in diese faszinierende Sprache möchten.

»Ich spreche nur mit ihm«, murmelte Hicks verlegen.
»Du sprichst nur mit ihm???«, wiederholte Fischbein verblüfft. »Was meinst du damit, du sprichst mit ihm? Du kannst nicht mit ihm sprechen, er ist ein TIER, um Thors willen!«
»Ach, halt die Klappe, Fischbein«, erwiderte Hicks ungeduldig, »du machst ihm Angst.«
Zahnlos schnaubte und stieß einige Rauchringe hervor. Er machte seinen Hals lang, damit er größer aussah, was Drachen gerne tun, wenn sie Angst haben oder wütend sind.
Schließlich brachte er den Mut auf, seine Flügel auszubreiten und auf Hicks Arm zu flattern. Er kroch hinauf zu Hicks' Schulter und Hicks wandte ihm das Gesicht zu.
Zahnlos drückte seine Stirn an Hicks' Stirn und blickte ernst und tief in Hicks' Augen. So blieben sie, Schnauze an Nase, mindestens sechzig Sekunden lang, ohne sich zu bewegen. Hicks musste oft blinzeln, denn der Blick eines Drachen ist hypnotisch und gibt einem das ungute Gefühl, dass er dir deine Seele aussaugt.
Hicks dachte gerade: Oh Mann, das ist ja Wahnsinn – ich stelle richtigen Kontakt her!, als Zahnlos sich nach unten beugte und ihn in den Arm biss.
Hicks schrie auf und schleuderte Zahnlos von sich.
»Fffissch«, zischte Zahnlos und flatterte vor Hicks auf und ab. »Wwwill Fisssch sofort.«
»Ich hab keinen Fisch«, sagte Hicks in Drachenesisch und

rieb sich den Arm. Glücklicherweise hatte Zahnlos noch keine Zähne, doch Drachen haben sehr kräftige Kieferknochen, sodass es trotzdem schmerzte.

Zahnlos biss ihn in den anderen Arm. »Fffissch!«, forderte er erneut.

»Alles in Ordnung?«, wollte Fischbein wissen. »Ich kann ja selbst nicht glauben, dass ich das frage, aber was sagt er denn?«

»Er will etwas zu essen«, antwortete Hicks und rieb sich grimmig beide Arme. Er versuchte seine Stimme fest, aber freundlich klingen zu lassen und den Drachen durch seine reine Willenskraft zu beherrschen, wie Grobian es gesagt hatte. »Aber wir haben keinen Fisch.«

»Also gut«, sagte Zahnlos. »Esse ich Katze.«

Er machte einen Satz auf Klein Tiger zu, der mit einem erschrockenen Jaulen die nächste Wand hochraste.

Hicks schaffte es gerade noch, Zahnlos am Schwanz zu packen, bevor der ihm nachfliegen konnte. Der Drache wehrte sich heftig und schrie: »Will F-f-fisch sofort! Will was essen sofort! Katzen sind lecker, will essen sofort.«

»Wir haben keinen Fisch«, wiederholte Hicks mit zusammengepressten Zähnen und merkte, wie er langsam die Geduld verlor, »und du kannst die Katze nicht essen – ich mag sie.«

Klein Tiger miaute beleidigt von einem Balken hoch oben an der Decke.

Sie brachten Zahnlos in Bärbeißers Schlafzimmer, wo einige Mäuse ihr Unwesen trieben.

Drachenesisch Lernen

Einführung

Um einen Drachen zu dressieren, ohne die traditionelle Methode des Anschreiens anzuwenden, müssen Sie zuerst Drachenesisch lernen. Drachen sind die einzigen anderen Wesen, die eine Sprache sprechen, die so kompliziert und hoch entwickelt ist wie die der Menschen.

Hier sind einige nützliche und gebräuchliche Redewendungen für den Anfang:

- **Kaain uissi imm haauus, biddäschön.**
  Nicht ins Haus pinkeln, bitte.
- **Maaiine Mamma nischt maag baissi baissi aan di bobbo.** – Meine Mutter mag es nicht, wenn sie in den Po gebissen wird.
- **Biddäschön, wärscht du so fraindlisch uun schpuckscht main Fraind aus?** – Wärst du bitte so freundlich, meinen Freund auszuspucken?
- **Dess machma nochamall.**
  Lass uns das noch einmal versuchen.

Eine Weile jagte Zahnlos zufrieden hinter den verzweifelt quiekenden Mäusen her, doch dann langweilte es ihn und er begann, die Matratze zu attackieren.

»Aufhören!«, schrie Hicks, als Federn in alle Richtungen flogen.

Daraufhin spuckte Zahnlos die Überreste einer eben verspeisten Maus geradewegs in die Mitte von Bärbeißers Kopfkissen.

»Ihhgitt!«, rief Hicks.

»Ihhgittt!«, polterte Bärbeißer der Gewaltige, der im gleichen Moment das Zimmer betrat.

Zahnlos stürzte sich auf Bärbeißers Bart, den er für ein Hühnchen hielt.

»Schaff ihn weg!«, befahl Bärbeißer.

»Er gehorcht mir nicht«, antwortete Hicks.

»Dann schrei ihn richtig laut an«, schrie Bärbeißer RICHTIG LAUT.

Hicks schrie so laut er konnte. »Hör bitte auf, am Bart meines Vaters zu kauen!«

Wie Hicks vermutet hatte, achtete Zahnlos überhaupt nicht darauf.

Ich wusste ja, dass Schreien bei mir nicht funktioniert, dachte Hicks düster.

»Sofortaufdenbodenmitdirwurm!«, brüllte Bärbeißer.

Zahnlos ließ sich auf den Boden fallen.

»Siehst du?«, sagte Bärbeißer. »So geht man mit Drachen um.«

Pesthauch und Hakenzahn, Bärbeißers Jagddrachen kamen ins Zimmer. Zahnlos machte sich steif, als sie um ihn herumschlichen, ihre gelben Augen glitzerten bösartig. Jeder hatte etwa die Größe eines Leoparden und sie waren von seiner Ankunft so begeistert, wie es ein paar Riesenkatzen vielleicht von einem süßen kleinen Kätzchen wären.

»Grüß dich, Kollege«, zischte Pesthauch und beschnupperte den Neuankömmling.

»Wir müssen warten«, schnurrte Hakenzahn drohend, »bis wir alleine sind. Dann können wir dich richtig willkommen heißen.« Er versetzte Zahnlos mit einer Klaue einen bösartigen Hieb. Die Klaue ritzte Zahnlos wie ein Küchenmesser und der kleine Drache jaulte auf und sprang in Hicks' Hemd, wo er sich hineinwühlte, bis nur noch sein Schwanz heraussah.

»HAKENZAHN!«, bellte Bärbeißer.

»Meine Klaue ist ausgerutscht«, winselte Hakenzahn.

»Raushierbevoricheuchzuschuhenverarbeite!«, schrie Bärbeißer und Pesthauch und Hakenzahn rannten hinaus, wobei sie gemeine Drachenflüche murrten.

»Wie ich schon sagte«, erklärte Bärbeißer der Gewaltige. »So geht man mit Drachen um.«

Bärbeißer betrachtete Zahnlos, der wieder zum Vorschein gekommen war, mit einer für ihn ungewöhnlichen Besorgnis.

»Mein Sohn«, sagte Bärbeißer, deutlich in der Hoffnung, dass hier ein Irrtum vorläge, »ist das etwa dein Drache?«

»Ja, Vater«, gab Hicks zu.

»Er ist sehr ... na ja ... er ist sehr ... KLEIN, oder?«, stellte Bärbeißer langsam fest.

Bärbeißer war nicht gerade der Aufmerksamste, doch selbst ihm konnte nicht entgehen, dass dieser Drache wirklich außerordentlich klein war.

»... und er hat noch keine Zähne.«

Es herrschte unangenehme Stille.

Fischbein sprang rettend für Hicks ein.

»Das liegt daran, dass er zu einer ungewöhnlichen Rasse gehört«, erklärte Fischbein. »Eine einzigartige und ... ähm ... bösartige Spezies, genannt der Zahnlose Tagtraum, entfernt verwandt mit dem Riesenhaften Albtraum, aber weit rücksichtsloser und so selten, dass sie praktisch ausgestorben ist.«

»Tatsächlich?« Bärbeißer betrachtete zweifelnd den Zahnlosen Tagtraum. »Für mich sieht er genau wie ein Gewöhnlicher oder Felddrache aus.«

»Ahh, aber mit allem Respekt, Häuptling«, sagte Fischbein, »das täuscht. Für das ungeübte Auge und natürlich auch für seine Beute sieht er genau wie ein Gewöhnlicher oder Felddrache aus. Aber wenn man die charakteristischen Tagtraum-Kennzeichen betrachtet« – Fischbein deutete auf eine Warze an der Nase von Zahnlos – »dann hebt ihn das von der gewöhnlichen Sorte ab.«

»Bei Thor, du hast recht!«, stellte Bärbeißer fest.

»Und es ist auch nicht nur ein einfacher Zahnloser Tagtraum.« Fischbein kam jetzt so richtig in Fahrt. »Dieser Drache hier ist von königlichem Blut.«

»Ach!«, stieß Bärbeißer sehr beeindruckt hervor. Er war nämlich ein ziemlicher Snob.

»Ja«, bestätigte Fischbein ernst. »Euer Sohn hat es geschafft, den Abkömmling von König Messerzahn selbst zu stehlen, den Reptilischen Herrscher des Kliffs der Wilden Drachen. Der Königliche Tagtraum ist anfänglich sehr klein, aber er wächst sich schließlich zu einer Kreatur von eindrucksvoller – ja sogar gigantischer Größe aus.«

»Genau wie du, was, Hicks?«, sagte Bärbeißer, lachte und fuhr seinem Sohn durchs Haar.

Bärbeißers Bauch gab ein Geräusch von sich, das wie ein

entferntes Erdbeben klang. »Zeit für einen kleinen Happen, denke ich. Räumt hier wieder auf, ihr zwei, ja?«
Bärbeißer entfernte sich, sehr erleichtert, dass sein Vertrauen in seinen Sohn wiederhergestellt war.
»Danke, Fischbein«, sagte Hicks. »Du warst echt unübertrefflich.«
»Nichts zu danken«, wehrte Fischbein ab. »Ich war dir was schuldig, nachdem ich dir den Kampf mit Rotznase eingebrockt habe.«
»Vater wird es sowieso irgendwann herausfinden«, meinte Hicks düster.
»Nicht unbedingt«, widersprach Fischbein. »Überleg doch mal, wie du mit dem Zahnlosen Tagtraum geredet hast. Das war unglaublich! So etwas habe ich noch nie gesehen. Du wirst ihn im Handumdrehen dressiert haben.«
»Ich habe mit ihm geredet, das stimmt«, bestätigte Hicks, »aber er hat überhaupt nicht auf mich gehört.«

Als Hicks an diesem Abend zu Bett ging, wollte er Zahnlos nicht mit Pesthauch und Hakenzahn vor dem Feuer allein lassen.
»Kann ich ihn mit ins Bett nehmen?«, fragte er seinen Vater.
»Ein Drache ist ein Arbeitstier«, erwiderte Bärbeißer der Gewaltige. »Wenn du ihn zu oft streichelst, verliert er seine Bösartigkeit.«

»Aber Pesthauch wird ihn umbringen, wenn ich ihn mit ihm allein lasse.«

Pesthauch knurrte begeistert: »Es wird mir ein Vergnügen sein.«

»Unsinn«, antwortete Bärbeißer, der die Bemerkung von Pesthauch nicht verstand, da er kein Drachenesisch sprach. Er tätschelte Pesthauch gutmütig zwischen den Hörnern. »Pesthauch will nur spielen. Diese Art von rauen Spielereien ist gut für einen jungen Drachen. Da lernt er, sich zu verteidigen.«

Hakenzahn fuhr seine Klauen aus wie Springmesser und trommelte mit ihnen gegen den Kamin.

Hicks gab vor, sich von Zahnlos am Kamin zu verabschieden, aber er schmuggelte ihn unter dem Hemd in sein Zimmer.

»Du musst ganz still sein«, erklärte er Zahnlos streng, während er ins Bett stieg, und der Drache nickte eifrig. Aber dann schnarchte er die ganze Nacht unheimlich laut. Doch Hicks störte das nicht. Hicks hatte den ganzen Winter auf Wattnbengel in seinen verschiedenen Stadien von »ziemlich frisch« über »sehr kalt« bis zu »total eiskalt« verbracht. Wenn man nachts zu viele Decken brauchte, wurde man als Weichling betrachtet, und so lag Hicks meist stundenlang wach, bis er sich in einen leichten Schlaf gezittert hatte.

Doch als Hicks jetzt die Füße ausstreckte und den Rücken von Zahnlos spürte, fühlte er Hitzewellen von dem kleinen Drachen abstrahlen. Sie krochen langsam seine Beine hinauf und wärmten seinen eiskalten Bauch und sein Herz, ja sogar seinen Kopf, der seit fast sechs Monaten nicht mehr richtig warm gewesen war. Selbst seine Ohren brannten zufrieden. Es wäre das Schnarchen von sechs großen Drachen nötig gewesen, um Hicks zu wecken, so tief und fest schlief er in dieser Nacht.

8. Drachenzähmen auf die schwere Art

Nach dem, was Hicks über Drachen wusste, war er immer noch ziemlich sicher, dass Schreien die beste Methode war, sie zu dressieren. Also versuchte er es während der nächsten Wochen mit Schreien. Er schrie laut, streng und wütend. Er sah so böse drein, wie er konnte. Doch Zahnlos nahm ihn nicht ernst.

Hicks gab das mit dem Schreien schließlich auf, als Zahnlos eines Morgens beim Frühstück einen geräucherten Lachs von seinem Teller stahl. Hicks stieß seinen heftigsten und schrecklichsten Schrei aus und Zahnlos warf ihm nur einen schelmischen Blick zu und fegte mit einem Schwung seines Schwanzes alles andere auf den Boden.

Damit hatte sich das mit dem Schreien erledigt, soweit es Hicks betraf.

»Also gut«, sagte Hicks, »ich werde es völlig anders versuchen.«

Er war so nett zu Zahnlos, wie er nur sein konnte. Er überließ ihm den bequemsten Teil des Bettes und lag selbst gefährlich nah an der Bettkante.

Er fütterte ihn mit so viel Lachs und Hummer, wie Zahnlos wollte. Das tat er jedoch bloß einmal, denn der kleine

Drache aß, bis ihm richtig schlecht war und er sich übergeben musste.

Er spielte stundenlang mit ihm. Er brachte ihm Mäuse zum Verspeisen, er kratzte das Stückchen zwischen seinen Stacheln am Rücken, das Zahnlos selbst nicht erreichen konnte.

Er machte das Leben dieses Drachen so sehr zum Drachenhimmel, wie er nur konnte.

Mitte Februar schließlich neigte sich der Winter auf Wattnbengel dem Ende zu und der Schnee verwandelte sich in Regen. Es war das Wetter, bei dem die Kleidung nie trocken wurde. Hicks hängte sein durchnässtes Hemd und seine Weste auf einen Stuhl vor dem Feuer, bevor er abends zu Bett ging, und am Morgen war alles immer noch nass – warm und nass zwar anstatt kalt und nass, aber immer noch NASS.

Der Boden im und um das Dorf hatte sich in knietiefen Matsch verwandelt.

»Was in Wodans Namen tust du denn da?«, fragte Fischbein, als er sah, wie Hicks ein großes Loch vor dem Haus grub.

»Ich baue eine Schlammkuhle für Zahnlos«, keuchte Hicks.

»Du verwöhnst diesen Drachen wirklich«, sagte Fischbein und schüttelte den Kopf.

»Das nennt man Psychologie, verstehst du«, antwortete Hicks. »Das ist raffiniert und spitzfindig, nicht wie das Geschrei eines Höhlenmenschen, das du bei Horrorkuh machst.«

Fischbein hatte seinen Drachen Horrorkuh getauft. Der Teil mit dem »Horror« sollte das arme Wesen zumindest ein ganz klein wenig gefährlich klingen lassen. Der Teil mit der Kuh war völlig zutreffend, denn für einen Drachen hatte das Tier tatsächlich erstaunliche Ähnlichkeit mit einer Kuh. Es war ein großes, friedliches braunes Drachenweibchen mit einem gutmütigen Wesen. Fischbein vermutete, dass sie vielleicht sogar Vegetarierin war.

»Ich erwische sie ständig dabei, wie sie an Holz knabbert«, beschwerte er sich. »Blut, Horrorkuh, Blut solltest du wollen.«

Dennoch war Fischbein vielleicht besser im Schreien als Hicks oder Horrorkuh war gehorsamer als Zahnlos. Sie zeigte sich der Schrei-Methode gegenüber nämlich äußerst aufgeschlossen.

»Also gut, Zahnlos, es ist so weit«, sagte Hicks. »Du kannst dich im Schlamm suhlen.«

Zahnlos hörte mit seinen Versuchen, Wühlmäuse zu fangen auf, und sprang in den Schlamm. Er rollte sich zufrieden im Matsch, breitete seine Flügel aus und wühlte glücklich.

»Ich stelle eine persönliche Beziehung zu ihm her«, erklärte Hicks, »damit er dann tut, was ich sage.«

»Hicks«, sagte Fischbein, als Zahnlos ein gutes Maul voll Schlamm aufsog und es geradewegs in Hicks' Gesicht spie, »ich verstehe vielleicht nicht viel von Drachen, aber ich weiß genau, dass sie die egoistischsten Wesen auf der ganzen Welt sind. Kein Drache wird jemals aus reiner Dankbarkeit tun, was du sagst. Drachen wissen nicht, was Dankbarkeit ist. Gib es auf. Das wird niemals funktionieren.«

»Wir Drachen«, erklärte Zahnlos bereitwillig, »sind eben Überlebenskünstler. Wir sind nicht wie die schmeichlerischen Katzen oder blöden Hunde, die ihre Meister lieben und verehren. Der einzige Grund, warum wir je tun, was ein Mensch will, ist, weil er größer ist als wir und uns Fisch gibt.«

»Was sagt er?«, fragte Fischbein.

»So ziemlich das Gleiche wie du«, antwortete Hicks.

»V-v-vertrau nie einem Drachen«, sagte Zahnlos fröhlich, sprang aus der Grube und nahm sich eine der Schnecken, die Hicks für ihn gesucht hatte. (Zahnlos mochte Schnecken besonders gern. – Genau wie Nasenpopel, fand er.) »Das hat meine Mutter mich im Nest gelehrt und sie muss es doch wissen.«

Hicks seufzte. Es stimmte. Zahnlos sah niedlich aus und war eine nette Gesellschaft – wenn auch ein wenig anstrengend. Aber man musste nur in seine großen, von dichten Wimpern umgebenen Augen sehen, um zu erkennen, dass er keinerlei Gewissen hatte. Die Augen zeugten von uralter Reptilienart, es waren die Augen eines Mörders. Man konnte genauso gut einem Krokodil oder einem Hai Freundschaft anbieten.

Hicks wischte sich den Schlamm vom Gesicht.

»Ich denke, ich muss mir was anderes überlegen«, sagte er.

Der Februar ging in den März über und Hicks grübelte immer noch. Ein paar Blumen machten den Fehler, sich zu zeigen, und wurden sofort von ein paar harten Frostnächten weggeputzt, die sich genau für diesen Zweck zurückgehalten hatten.

Fischbein konnte Horrorkuh jetzt dazu bringen, auf Kommando zu fliegen oder »Sitz« zu machen. Hicks versuchte immer noch, Zahnlos dazu zu bringen, stubenrein zu werden.

»*Keine Häufchen in der Küche*«, mahnte Hicks zum hundertsten Mal und trug Zahnlos nach einem neuerlichen »Unfall« nach draußen.

»*Es ist wärmer in der Küche*«, jammerte Zahnlos.

»*Aber Häufchen gehören nach draußen, das weißt du*«, sagte Hicks, der langsam mit seinem Latein am Ende war.

Zahnlos machte prompt auf Hicks Händen und seinem Hemd Häufchen.

»*Es ist draußen, draußen, draußen*«, krähte Zahnlos.

In diesem ungünstigen Augenblick kamen Rotznase und Stinker vorbei. Sie befanden sich auf dem Weg zurück vom Strand und ihre Drachen saßen auf ihren Schultern.

»Heh, kuck mal«, höhnte Rotznase, »wenn das nicht der NUTZLOSE ist, voll mit Drachenkacke. Es steht dir ehrlich gesagt ziemlich gut.«

»Ha, ha, ha«, schnaubte Stinker.

»*Das ist kein Drache*«, höhnte Seeschlampe, Stinkers Drache, der zur Rasse der hässlichen großen Gronckel gehörte, mit einer Mopsnase und einem bösartigen Wesen. »*Das ist ein Molch mit Flügeln.*«

»*Das ist kein Drache*«, johlte Feuerwurm, Rotznases Drache, der so bösartig war wie sein Meister. »*Das ist ein kleines Schnuckelhäschen mit einem jämmerlichen Scheißproblem.*«

Zahnlos stieß einen wütenden Schrei aus.

Rotznase zeigte Hicks die riesige Menge von Fischen, die er in seinen Mantel eingewickelt trug.

»Sieh dir mal an, was Feuerwurm und Seeschlampe unten am Strand gefangen haben. Und sie haben nur ein paar Stunden gebraucht . . .«

Feuerwurm hüstelte, spannte ein paar Muskeln an und sah in gespielter Bescheidenheit auf seine Klauen.

»Oh, bitte«, meinte er lang gezogen. »Ich habe mich ja nicht einmal konzentriert. Wenn ich mir Mühe gegeben hätte, hätte ich das in zehn Minuten geschafft, und zwar mit einem Flügel auf den Rücken gebunden.«

»Entschuldige bitte, aber ich glaube, ich muss mich gleich übergeben«, murrte Zahnlos zu Horrorkuh, die Feuerwurm aus ihren großen braunen Augen sehr missbilligend betrachtete.

»Wir denken, dass Feuerwurm eine richtige Jagd-Legende wird«, grinste Rotznase. »Ich habe gehört, dass Horrorkuh was für Karotten übrig hat . . . Hat das Zahnlose Wunder schon den Mut aufgebracht, ein Gemüse anzugreifen? Karotten sind ja ein wenig hart, aber vielleicht schafft er ja wenigstens eine alte, weiche Gurke . . . Du könntest sie ihm natürlich auch mit einem Strohhalm verabreichen . . .«

»Ha, ha, ha.« Stinker lachte so heftig, dass ihm Rotz aus der Nase lief.

»Pass auf, Stinker«, sagte Fischbein höflich, »dein Gehirn macht sich selbstständig.«

Stinker verhaute ihn und ging dann mit Rotznase weiter.

Feuerwurm gab Zahnlos im Vorbeigehen einen Klaps, der diesen fast ein Auge gekostet hätte.
Sobald sie außer Hörweite waren, sprang Zahnlos von Hicks' Arm und spie drohend ein paar Flammen.

»Angeber! Schmerbäuche! Kommt nur her und Zahnlos wird euch grillen! Zahnlos wird euch die Gedärme herausreißen und damit spielen! Zahnlos wird ... Zahnlos wird ... Zahnlos wird ... also, ihr kommt lieber nicht näher, das ist alles.«

»Oh, sehr tapfer, Zahnlos«, meinte Hicks sarkastisch. »Wenn du noch ein wenig lauter brüllst, könnten sie dich vielleicht sogar hören.«

WIKINGERDRACHEN UND IHRE MERKMALE

Der Riesenhafte Albtraum

Der Riesenhafte Albtraum ist der größte und schrecklichste der Hausdrachen. Hervorragende Flugeigenschaften, ausgezeichneter Jäger und Kämpfer, der zu fürchten ist. Wild und nicht leicht zu dressieren. Laut ungeschriebenem Wikingergesetz darf nur der Häuptling oder der Sohn eines Häuptlings einen solchen besitzen.

Merkmale und Bewertung nach Punkten (1–10)

Farbe: Smaragdgrün, Knallrot und Dunkelviolett

Ausstattung: Scharfe Zähne, extra ausfahrbare Klauen 9

Abwehr: Nicht nötig für Albträume 2

Radar: Nicht vorhanden. 0

Gift: Der Biss ist leicht giftig 3

Jagdfähigkeit: Erstaunlich 10

Geschwindigkeit: Hoch 7

Furcht- und Kampffaktor:
Sehr, sehr furchterregend. 10

9. Furcht, Eitelkeit, Rache und dumme Witze

Der März ging in den April über und der April in den Mai. Nach Feuerwurms Bemerkung über das jämmerliche Häschen machte Zahnlos nie mehr in der Küche Häufchen. Aber in seiner sonstigen Dressur hatte Hicks keine weiteren Fortschritte erzielt.

Es regnete immer noch, aber es war ein warmer Regen. Der Wind wehte, aber er war weniger heftig. Man konnte zumindest draußen aufrecht stehen bleiben.

Die Möwen schlüpften aus den Eiern oben am Felsen und die Möweneltern flogen stets knapp über Hicks und Fischbein hinweg, wenn die beiden zum Üben an den Langen Strand kamen.

»Töte, Horrorkuh, töte«, sagte Fischbein zu Horrorkuh, die gelassen auf seiner Schulter saß. »Du könntest diese Möwe dort zum Frühstück haben, sie ist doch nicht mal halb so groß wie du . . . Ehrlich, Hicks, ich gebe auf. Ich weiß nicht, wie ich diesen Teil der Prüfung bestehen soll. Horrorkuh hat einfach keinen Killerinstinkt. Sie würde in der Wildnis nie überleben.«

Hicks lachte traurig. »Du denkst, du hättest Probleme? Zahnlos und ich, wir werden gleich zu Anfang durchfallen.«

»So schlimm kann es doch gar nicht sein«, erwiderte Fischbein.

»Dann pass mal auf«, sagte Hicks.

Die Jungen begannen mit dem grundlegendsten Befehl von allen: »Los!« Dabei schrie der Besitzer das Kommando so laut wie möglich, während er gleichzeitig den Arm hob, um den Drachen in die Luft zu schleudern. Der Drache sollte dabei sofort vom ausgestreckten Arm losfliegen, sobald der Arm oben war.

Horrorkuh gähnte, kratzte sich und flatterte langsam und vor sich hin grummelnd davon.

Zahnlos war allerdings noch weniger gehorsam.

»Los!«, schrie Hicks und hob den Arm. Zahnlos klammerte sich fest.

»Ich sagte LOS!«, wiederholte Hicks frustriert.

»W-w-warum los?«, fragte Zahnlos zitternd und klammerte sich noch stärker fest.

»Weil eben! Also los, los, los!!!«, schrie Hicks und schleuderte seinen Arm panisch umher, während Zahnlos sich daran festklammerte, als ginge es um sein Leben.

Zahnlos blieb auf dem Arm.

»Zahnlos«, redete ihm Hicks vernünftig zu. »Bitte flieg los, wenn ich es sage. Wenn du nicht langsam das tust, was ich dir sage, werden wir beide ins Exil geschickt.«

»Aber ich will nicht los«, erklärte Zahnlos genauso vernünftig.

Fischbein sah dem Ganzen in entsetztem Erstaunen zu.

»Du hast tatsächlich echte Probleme«, bestätigte er beeindruckt.

»Genau«, sagte Hicks. Schließlich schaffte er es, die Klauen von Zahnlos zu lösen, als dieser seinen Griff für einen Moment gelockert hatte, und schob ihn von sich. Zahnlos landete mit einem wütenden Quieken auf dem Sand und klammerte sich sofort an Hicks' Bein. Zur Unterstützung schlang er auch noch die Flügel um Hicks' Wade.

»Will nicht los«, sagte Zahnlos stur.

»Schlimmer als jetzt kann es nicht werden«, stellte Hicks fest. »Also werde ich eine neue Taktik ausprobieren.«

Er holte das Notizbuch heraus, in dem er alles, was er über Drachen wusste, aufgeschrieben hatte, falls er es irgendwann einmal bräuchte. »Motivation von Drachen . . .«, las Hicks laut. »1. Dankbarkeit.« Hicks seufzte. »2. Furcht. Das funktioniert, aber ich kann es nicht anwenden. 3., 4., 5., Gier, Eitelkeit und Rache. All das werde ich jetzt mal probieren. 6. Witze und Rätsel. Nur wenn ich völlig verzweifelt bin.«

»Das klingt jetzt vielleicht komisch«, meinte Fischbein seufzend, »aber diesmal muss ich ausnahmsweise einmal Grobian recht geben. Warum schreist du nicht einfach nur ein wenig lauter?«

Hicks hörte ihm gar nicht zu.

»Also gut, Zahnlos«, sagte Hicks zu dem kleinen Drachen, der vorgab zu schlafen, während er sich an Hicks' Bein

Hicks

Motivazzion von Drachen

1. ~~Dankbarkeit~~ ... Drachen sind nie dankbar.
2. ~~Furcht~~ ... funktioniert aber ich kann es nicht.
3. ~~Gier~~ ... Dann ist er vielleicht so voll, dass er nicht mehr fliegen kann.
4. Eitelkeit ... Möglich.
5. Rache ??? Versuch wert.
6. Witze und Rätsel ... Nur wenn ich verzweifelt bin.

festhielt. »Für jeden Fisch, den du mir fängst, werde ich dir zwei Hummer geben, wenn wir zu Hause sind.«

Zahnlos öffnete die Augen. »L-l-lebendig?«, fragte er interessiert. »D-d-darf Zahnlos sie töten? B-b-bitte? Nur dieses eine Mal?«

»Nein, Zahnlos«, entgegnete Hicks entschieden. »Ich sage dir ständig, dass es nicht nett ist, Wesen zu quälen, die kleiner sind als du selbst.«

Zahnlos schloss wieder die Augen. »Du bist so l-l-langweilig«, sagte er schmollend.

»Du bist so ein schlauer, schneller Drache, Zahnlos«, schmeichelte ihm Hicks, »ich wette, du könntest an Thors Tag mehr Fische fangen als alle anderen, wenn du nur wolltest.«

Zahnlos öffnete die Augen, um die Sache zu überdenken. »D-d-doppelt so viele«, sagte er bescheiden. »Aber ich w-w-will nicht.«

Was sollte man darauf sagen? Hicks strich Eitelkeit von seiner Liste.

»Erinnerst du dich noch an diesen großen roten Drachen namens Feuerwurm, der so gemein zu dir war?«, sagte Hicks.

Zahnlos spie wütend auf den Boden.

»S-s-sagte, ich sei ein Molch mit Flügeln. S-s-sagte, ich sei ein zuckersüßes Häschen. Z-z-zahnlos wird ihn umbringen. Zahnlos wird ihn zu Tode kratzen. Z-z-zahnlos wird ...«

»Ja, ja, ja«, unterbrach Hicks hastig. »Dieser Feuerwurm und sein Meister, der aussieht wie ein

Schwein, denken, dass Feuerwurm an Thors Tag mehr Fische fangen wird als alle anderen. Überleg doch mal, wie dumm sie dastehen werden, wenn du an seiner Stelle den Preis für den viel versprechendsten Drachen gewinnen wirst.«

Zahnlos ließ Hicks' Bein los. »Ich w-w-werde darüber nachdenken«, sagte Zahnlos. Er ging ein paar Schritte und dachte nach.

Fünf Minuten später dachte er immer noch nach. Er stieß ab und zu ein komisches Kichern aus, doch jedes Mal, wenn Hicks fragte: »Also, was meinst du denn nun?«, erwiderte er lediglich: »D-d-denke immer noch nach. Geh weg.«

Mit einem Seufzer strich Hicks auch Rache durch.

»Also gut«, sagte Fischbein, der über Hicks' Schulter blickte. »Du hast alles andere probiert. Wie ist es denn nun mit Witzen und Rätseln? Ich könnte mir vorstellen, dass du jetzt doch verzweifelt bist.«

»Zahnlos«, sagte Hicks. »Wenn du mir eine hübsche, große Makrele fängst, wirst du der schlauste und schnellste Drache auf Wattnbengel sein UND du wirst diesen Feuerwurm in den Schatten stellen UND du wirst all die Hummer bekommen, die du essen kannst, wenn wir nach Hause kommen, UND ich werde dir einen richtig guten Witz erzählen.«

Zahnlos drehte sich um. »Z-z-zahnlos liebt Witze.« Er flatterte wieder auf Hicks' Arm. »Also gut. Zahnlos hilft dir. A-a-aber nicht, weil ich nett bin oder so was Doofes . . .«

»Nein, nein«, sagte Hicks. »Natürlich nicht.«

»W-w-wir Drachen sind grausam und gemein. Aber wir lieben Witze. Erzähl ihn mir sofort.«

Hicks lachte. »Auf keinen Fall. Erst NACHDEM du mir eine Makrele gebracht hast.«

»Also gut«, sagte Zahnlos. Er flog von Hicks' Arm hoch in die Luft.

Ein Drache auf Jagd ist ein sehr eindrucksvoller Anblick, selbst wenn es nur so ein kümmerlicher Nachwuchs wie Zahnlos ist. Er flog auf seine übliche flatterhafte Art über den Strand und kreischte unterwegs den kleineren Kormoranen ein paar Beleidigungen zu. Aber sobald Zahnlos das Meer erreicht hatte, schien er ein wenig zu wachsen. Das Meersalz weckte in ihm so etwas wie instinktive Erinnerung an die großen jagenden Monster, die seine Vorfahren waren. Er breitete seine Flügel aus und flog ziemlich geschickt über die schäumenden Wellen hinweg, während er nach Fischen Ausschau hielt. Dann stieg er in Kreisen hoch in den Himmel, bis er so weit oben war, dass Hicks, der am Strand den Kopf in den Nacken legte, ihn nur noch als winzigen Punkt sehen konnte. Dann ging Zahnlos in den Sturzflug. Er legte die Flügel an die Seiten und stürzte wie ein Stein vom Himmel.

Er tauchte ins Wasser ein und blieb für eine ganze Weile verschwunden. Drachen können mindestens fünf Minuten unter Wasser bleiben und Zahnlos wurde da unten ziemlich abgelenkt. Er konnte sich nicht entscheiden, welcher Fisch der größte war, und jagte erst hinter dem einen und dann hinter einem anderen her.

Hicks war es inzwischen langweilig geworden und er

suchte nach Austern, als Zahnlos triumphierend mit einer kleinen Makrele die Wasseroberfläche durchbrach.
Er ließ die Makrele zu Hicks' Füßen fallen, vollführte drei Purzelbäume nacheinander und landete auf Hicks' Kopf. Dort stieß er den Triumphschrei der Drachen aus, der ein wenig nach Hahnenschrei klingt, aber viel lauter und selbstzufriedener.
Dann beugte er sich vor – kopfüber – und starrte in Hicks' Augen.
»Jetzt erzähl mir den W-w-witz«, forderte er.
»Flossenschlag und abgetaucht!«, rief Hicks aus. »Er hat es geschafft. Er hat es wirklich geschafft.«
»Erzähl mir jetzt den W-w-witz«, forderte Zahnlos erneut.
»Was ist schwarz und weiß und trotzdem überall rot?«, fragte Hicks.
Zahnlos wusste es nicht.
»Ein Pinguin mit Sonnenbrand«, erklärte Hicks.
Es war ein sehr, sehr alter Witz, aber anscheinend hatten sie ihn am Kliff der Wilden Drachen noch nicht gehört.
Zahnlos fand ihn wahnsinnig komisch.
Er flog los, um noch mehr Fische zu fangen, damit er mehr Witze zu hören bekam.
Es war ein sehr unterhaltsamer Nachmittag. Der Regen hörte auf, die Sonne schien und Zahnlos machte sich bei der Jagd gar nicht so schlecht. Er hatte einige Fische gefangen und irgendwann zog er los, um auf den Klippen Hasen zu jagen. Aber als Hicks ihn rief, kam er schließlich

zurück und nach ein paar Stunden hatte er insgesamt sechs Makrelen mittlerer Größe und einen Hundshai gefangen.

Alles in allem war Hicks recht zufrieden.

»Schließlich«, sagte er zu Fischbein, »ist es ja nicht so, als ob ich den Preis für den vielversprechendsten Drachen gewinnen will oder so was. Ich will ja nur zeigen, dass Zahnlos mir gehorcht und obendrein noch ein paar Fische fängt. Im Vergleich zu Rotznase und seinem Albtraum von Jagdlegende werden wir ziemlich dumm dastehen, aber zumindest werden wir die Reifeprüfung bestehen.«

Und das Allerbeste war: Als Zahnlos die letzte Makrele auf den Stoß vor Hicks fallen ließ, sah Fischbein etwas im Unterkiefer des Drachen schimmern.

»Zahnlos hat seinen ersten Zahn!«, rief Fischbein.

Es schien ein sehr gutes Omen zu sein.

Als sie sich auf den Heimweg machten, kamen sie an Alt Faltl vorbei, der auf einem Felsen saß und ihnen die letzten Stunden zugesehen hatte.

»Sehr beeindruckend«, meinte Alt Faltl, als die Jungen ihm die Fische zeigten.

»Wir glauben, dass Hicks den letzten Teil der Reifeprüfung an Thors Tag doch bestehen wird«, sagte Fischbein aufgeregt.

»Dann machst du dir also immer noch Sorgen wegen dieser albernen kleinen Prüfung, ja, Hicks?«, stellte Alt Faltl fest. »Es gibt wichtigere Dinge, weißt du. Zum Beispiel, dass sich ein unglaublicher Sturm zusammenbraut. Er dürfte uns in etwa drei Tagen erreichen.«

»Alberne kleine Prüfung?«, wiederholte Fischbein empört. »Was meint Ihr mit alberne kleiner Prüfung??? Die Feier an Thors Tag ist das größte Ereignis des Jahres. JEDER von Rang und Namen wird dort sein, alle Räuberischen Raufbolde UND die Dickschädel. Außerdem mag Euch das vielleicht nicht wichtig erscheinen, aber jeder, der diese lächerliche, kleine Prüfung nicht besteht, wird aus dem Stamm ausgeschlossen und den Kannibalen überlassen oder etwas ähnlich Gemeines.«

»Ich werde mich Hicks der Nützliche mit seinem Drachen Zahnvoll nennen«, sagte Hicks strahlend. »Das ist mir gerade eingefallen. Es ist solide, nicht zu angeberisch und diesem Namen werden wir auch noch entsprechen können.«

»Hicks' Drache hat endlich die Kurve gekriegt und ein paar Fische gefangen«, erklärte Fischbein und deutete auf Zahnlos, der sich mit einer Klaue in der Nase bohrte. »So unglaublich es scheinen mag, Hicks könnte diese Prüfung doch noch bestehen.«

»Oh, ich denke, es ist so gut wie sicher«, sagte Alt Faltl und sah zu Zahnlos, der jetzt versuchte zu schielen und dabei umkippte.

»So gut wie«, wiederholte Alt Faltl nachdenklich.

Die Jungen gingen nach Hause, Zahnlos folgte ihnen jammernd: »Oh, t-t-trag mich, trag mich . . . das ist nicht g-g-gerecht . . . meine Flügel tun weh . . .«

10. Thors Tag

Die Feiern zu Thors Tag waren ein wahrlich spektakuläres Ereignis. Die stärksten Rivalen der Räuberischen Raufbolde, die Dickschädel von den nahe gelegenen Dickschädelinseln, überquerten für diese große Zusammenkunft den Inneren Ozean und kamen zur Insel Wattnbengel.
Die Gäste schlugen ihr Lager in der Düsterherzbucht auf. Über Nacht wurde aus einer verlassenen Einöde mit nichts als Möwen eine lebhafte Zeltstadt. Die Zelte waren aus altem Segeltuch gemacht, das zu oft geflickt war, um noch auf See verwendet zu werden.
Am nächsten Morgen war der Lange Strand übersät mit Buden, Jongleuren und Wahrsagern. Es herrschte ein fröhliches Durcheinander, in dem viele Wikinger alte Freunde entdeckten, Schwertkampf übten und die Kinder anschrien, sie sollten um Thors willen SOFORT aufhören sich zu prügeln. Nein, DIESMAL IST ES MEIN ERNST ... oder ... oder ... oder ... es passiert was.
Stämmige Wikinger saßen auf unbequemen Felsen und johlten laut, wie riesige Seelöwen in Ferienstimmung. Beeindruckend breit gebaute Wikingerfrauen saßen grüppchenweise zusammen, kicherten wie Möwen und leerten ganze Krüge voll Tee mit einem einzigen Schluck.

WILLKOMMEN ZUR FEIER VON THORS TAG!

Programm

9 Uhr Hammerwerfen für Senioren (60+)
Treffpunkt am Einsamen Felsen. Jeder bringt seinen eigenen Hammer mit – oder den von jemand anders (Helme für Zuschauer empfohlen).

10 Uhr 30 Wie viele Möweneier kannst du in einer Minute essen?
Sackasch der Bierbauch ist der Titelverteidiger in diesem beliebten Wettbewerb.

11 Uhr 30 Wettbewerb: Welches ist das hässlichste Baby?

12 Uhr 30 Axtkampf – Bewundert die zarte Kunst des Kampfes mit Äxten!

14 Uhr Abschließende Reifeprüfung der jungen Helden zum »Drachenmeister«
Seht die heldenhaften Wikinger von morgen in ihrem Wettstreit! Wessen Drache wird der gehorsamste sein und welcher wird die meisten Fische fangen? Blut, Schweiß und lautes Schreien – dieser Sport hat einfach alles.

15 Uhr 30 Große Tombola und Abschlussveranstaltung

Trotz Alt Faltls düsteren Prophezeiungen eines furchtbaren Sturmes war es ein herrlicher, heißer Junitag. Nicht einmal die Andeutung einer Wolke war am Himmel zu sehen.

Die abschließende Reifeprüfung der jungen Helden war erst für zwei Uhr nachmittags geplant und so verbrachte Hicks den Vormittag damit, mit großen Augen den Geschichtenerzählern zuzuhören, die endlose Anekdoten von gemeinen Dänen und schönen Piratenprinzessinnen erzählten.

Er hatte solches Lampenfieber, dass er die Zusammenkunft nicht so sehr genießen konnte, wie er es in den Vorjahren getan hatte.

Selbst die Tatsache, dass Grobian sich beim »Wie viele Möweneier kannst du in einer Minute essen«-Wettbewerb übergeben hatte, löste lediglich ein schwaches Lächeln auf seinem blassen, angespannten Gesicht aus.

Hicks' Familie nahm ein Picknick ein, während sie dem Axtkampf zusah. Hicks konnte keinen Bissen hinunterbringen, genauso wenig wie Zahnlos, der schlecht gelaunt war und sogar das Tunfisch-Sandwich ablehnte, das Valhallarama ihm anbot.

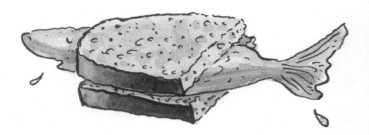

»Ist auch besser, den Appetit des Drachen für das Spiel anzustacheln«, bemerkte Bärbeißer der Gewaltige, der in ausgezeichneter Stimmung war. Er hatte beim Wettbewerb um das hässlichste Baby erfolgreich auf Kröte gesetzt und freute sich nun darauf, das geniale Können seines Sohnes bei der Reifeprüfung zu sehen.

Mit fortschreitender Stunde begann plötzlich ein heißer Wind aus dem Nirgendwo zu blasen. Er war immer noch drückend schwül, doch unheimliche graue Wolken ballten sich am Horizont. Donner grollte.

Vielleicht hat Alt Faltl Recht gehabt, dachte Hicks mit einem Blick zum Himmel, und Donnergott Thor würde ihnen doch seinen traditionellen Besuch bei den Feiern zu Thors Tag abstatten.

»TRÖ-TÖT! Alle Jugendlichen, die in diesem Jahr in ihren Stamm aufgenommen werden wollen, begeben sich bitte zum Gelände auf der linken Strandseite.«

Hicks schluckte, stieß Zahnlos an und erhob sich. Es war so weit.

Hicks war einer der Letzten, die auf dem Gelände ankamen – ein großes Stück nasser Sandstrand. Die Jungen aus seinem eigenen Stamm waren bereits vollzählig versammelt, ihre Drachen kreisten über ihnen. Alle unterhielten sich aufgeregt und selbst Rotznase sah nervös aus.

Die Jungen vom Stamm der Dickschädel waren riesige, rau aussehende Kerle und wirkten viel Furcht einflößender als die Raufbolde. Einer war ganz besonders riesenhaft gebaut und sah aus, als sei er schon fünfzehn.

Hicks nahm an, dass es Schurki war, der Sohn von Häuptling Hinkebein, denn ein silbergrauer Riesenhafter Albtraum kauerte auf seiner Schulter. Er starrte Feuerwurm an wie ein Rottweiler mit bösen Gelüsten.

Feuerwurm tat unbeschwert.

»Ein Aristokrat knurrt nie«, schnurrte Feuerwurm süßlich. »Du musst eine dieser Promenadenmischungen sein. Wir rein Grünblütigen stammen von der Großen Reißerklaue selbst ab und würden niemals im Traum daran denken, etwas so Gewöhnliches zu tun.«

Das Knurren des silbergrauen Alptraums wurde lauter.

Die Menge versammelte sich an der Startlinie.

Hicks versuchte, nicht auf Bärbeißer den Gewaltigen zu achten, der sich seinen Weg ganz nach vorne bahnte, indem er schrie: »Aus dem Weg, ich bin ein Häuptling.«

»Zehn zu eins, dass mein Sohn in dieser Prüfung mehr Fische fängt als deiner«, donnerte Bärbeißer und gab seinem alten Feind Hinkebein einen heftigen Schlag in den Bauch. Hinkebein der Dickschädel kniff die Augen zusammen und überlegte, ob er zurückschlagen sollte. Vielleicht nach der Prüfung.

»Und welcher«, fragte Hinkebein, »ist dein Sohn? Der Große mit den Tätowierungen, der aussieht wie ein Schwein und den roten Riesenhaften Albtraum auf der Schulter hat?«

»Nööö«, sagte Bärbeißer zufrieden. »Das ist der Sohn meines Bruders. Mein Sohn ist der dünne dort drüben mit dem Zahnlosen Tagtraum.«

Hinkebein der Dickschädel grinste breit.

Er schlug Bärbeißer auf den Rücken und rief: »Ich nehme deine Wette an und verdopple sie!«

»Gilt!«, rief Bärbeißer und die beiden großen Häuptlinge schüttelten sich die Hände und stießen die Bäuche darauf an.

Grobian war auch für diesen letzten Teil der Reifeprüfung verantwortlich. Er sah immer noch ein wenig grün aus vom Eierwettessen. Das hatte seine Laune nicht verbessert.

»Also gut, ihr miserabler Haufen!«, schrie er. »Jetzt werden wir herausfinden, ob ihr aus dem Holz seid, aus dem Helden geschnitzt werden. Ihr werdet entweder aus dieser Arena gehen und Mitglieder der edlen Stämme der Raufbolde und Dickschädel sein ODER ihr werdet für immer ins Exil geschickt. Mal sehen, worauf's hinausläuft, ja?«

Er grinste die zwanzig Jungen vor sich bösartig an.

»Ich werde damit anfangen, dass ich euch und eure Tiere begutachte, als wärt ihr Krieger, die in die Schlacht ziehen. Dann werde ich euch den Mitgliedern des Stammes vorstellen, in den ihr hofft, aufgenommen zu werden. Danach wird die Prüfung beginnen. Ihr werdet zeigen, wie ihr diese wilden Kreaturen durch die bloße Willenskraft eurer heldenhaften Persönlichkeit gezähmt habt.

Als Erstes müsst ihr die grundlegenden Befehle wie ›Los‹, ›Platz‹ und ›Fang‹ vorführen. Am Schluss werdet ihr eurem Reptil befehlen, für euch Fische zu fangen, wie es bereits bei euren Vorvätern Brauch war.«

Hicks schluckte nervös.

»Dem Jungen und dem Drachen, der die Jury am meisten beeindruckt – und die Jury, das bin ICH« – Grobian bleckte grimmig die Zähne – »wird die besondere Ehre zuteil, der Held der Helden und sein Viel Versprechender Drache genannt zu werden. Die Jungen und Drachen, die bei dieser Prüfung VERSAGEN, werden sich für immer von ihren Familien verabschieden und den Stamm verlassen, um irgendwohin zu gehen, wo wir sie nicht mehr sehen.« Grobian machte eine Pause.

»Reim dich oder ich fress dich«, murrte Fischbein, gerade laut genug, dass Grobian es hören konnte. Grobian sah ihn böse an.

»HELDEN ODER EXIL!«, schrie Grobian.

»HELDEN ODER EXIL!«, schrien achtzehn Jungen fanatisch zurück.

»HELDEN ODER EXIL!«, schrien die Zuschauer.

Bitte lass mich ein ganz klein wenig ein Held sein, nur dieses eine Mal, beteten sowohl Hicks als auch Fischbein. Nichts allzu Besonderes oder so, nur so viel, um diese Prüfung zu bestehen.

»Stillgestanden, mit euren Drachen auf dem rechten Arm!«, schrie Grobian.

Grobian schritt die Reihe der Jungen ab, um sie zu inspizieren.

»Wunderbares Exemplar«, gratulierte Grobian Schurki zu seinem Drachen Killer, der seine schimmernden Flügel ausbreitete, um eine Spannbreite von ungefähr eineinhalb Metern zu zeigen.

Als Grobian zu Hicks gelangte, blieb er unvermittelt stehen.

»Und WAS in Wodans Namen«, wollte er wissen und erbleichte, »ist DAS?«

»Das ist ein Zahnloser Tagtraum, Kommandant«, stieß Hicks hervor.

»Klein, aber gemein«, fügte Fischbein hinzu.

»Zahnloser Tagtraum?«, wiederholte Grobian. »Das ist der kleinste Gewöhnliche oder Felddrache, den ich je gesehen habe. Was glaubt ihr denn, was ich bin, ein Idiot?«

»Nein, nein, Kommandant«, versicherte Fischbein und fügte leise hinzu: »vielleicht nur ein wenig langsam.«

Grobian sah aus, als würde er jeden Augenblick explodieren.

»Ein Zahnloser Tagtraum«, erklärte Hicks, »sieht genau so aus wie ein Gewöhnlicher oder Felddrache bis auf die charakteristische Warze an der Nase.«

»STILL!«, befahl Grobian in einem sehr lauten Flüstern. »Oder ich werde dich die ganze Strecke bis zum Festland werfen. Ich HOFFE«, fuhr er fort, »dass dieser Drache besser jagen kann, als er aussieht. Du und dein fischiger Freund hier seid die schlechtesten Kandidaten für eine Reifeprüfung, die ich je das Missvergnügen hatte, zu unterrichten. Aber du bist die Zukunft dieses Stammes, Hicks, und wenn du uns vor all den Dickschädeln Schande machst, werde ich persönlich dir das niemals vergeben. Verstanden?«

Hicks nickte.

Jeder Junge trat dann einen Schritt nach vorne, um sich zu verbeugen und seinen Drachen hochzuhalten, damit die Zuschauer applaudieren konnten.

Es gab einen riesigen Applaus für Rotznase Rotzgesicht und seinen Drachen Feuerwurm, der nur übertroffen wurde von dem Beifall für Schurki den Dickschädel und seinen Drachen Killer.

»Und zuletzt«, Grobian der Rülpser versuchte ein wenig Enthusiasmus in seine Stimme zu legen, »den fürchterlichen ... den furchtbaren ... den einzigen Sohn von Bärbeißer dem Gewaltigen: Hicks der Nützliche mit seinem Zahnlosen Tagtraum!«

Hicks trat nach vorne und hielt Zahnlos so hoch er nur konnte, damit er ein wenig größer aussah.

Es herrschte eine leicht verblüffte Stille.

Das Publikum hatte natürlich auch vorher schon kleine Drachen gesehen, normalerweise beim Jagen nach Feld-

mäusen in der Wildnis, aber ganz bestimmt nicht als edle Jagddrachen, die am Wettstreit der Reifeprüfung teilnahmen.

»GRÖSSE IST NICHT ALLES!«, donnerte Bärbeißer so laut, dass man ihn noch einige Strände weiter hören konnte, und er klatschte in seine großen Hände.

Jeder fürchtete Bärbeißers berüchtigte Wutausbrüche und so fielen alle mit höflichem Applaus ein.

Zahnlos war immer noch schlecht gelaunt, doch es gefiel ihm, im Mittelpunkt der Aufmerksamkeit zu stehen, und er streckte die Brust heraus und verbeugte sich ernst nach links und rechts.

Ein paar der Dickschädel kicherten.

Ich habe meine Meinung geändert, dachte Hicks und schloss die Augen. DIES ist der schlimmste Augenblick meines Lebens.

»Okay, Zahnlos«, flüsterte er ins Ohr des kleinen Drachen. »Das ist jetzt unsere große Chance. Du musst nun ganz viele Fische fangen, dann werde ich dir mehr Witze erzählen, als du jemals in deinem Leben gehört hast. Und das wird diesen großen roten Drachen Feuerwurm echt sauer machen.«

Zahnlos warf Feuerwurm einen Blick von der Seite zu. Feuerwurm schärfte seine Nägel an Rotznases Helm mit der eitlen Selbstzufriedenheit eines Drachen, der weiß, dass er den Preis als Vielversprechendster Drache gewinnen wird.

»TRÖ-TÖT!«

Die Prüfung begann.

Zahnlos machte sich gar nicht so schlecht bei den anfänglichen Gehorsamkeitsübungen, auch wenn es ihm deutlich anzumerken war, dass er das alles für äußerst langweilig hielt. Es regnete jetzt ziemlich stark und

Zahnlos hasste Regen. Er wollte nach Hause und sich vor einem schönen warmen Feuer entspannen.

Feuerwurm und Killer gingen »los« und »fingen«, sobald Rotznase und Schurki die Kommandos gaben. Sie flogen im Sturzflug und spien Feuer dabei, nur um anzugeben. Feuerwurm vollführte gleichzeitig einige ausgefallene Purzelbäume in der Luft, bei denen die Menge kreischte und mit den Füßen stampfte.

»Beginn der Jagd!«, schrie Grobian der Rülpser.

Jeder Drache außer Zahnlos flog hinaus aufs Meer.

Zahnlos flatterte zurück auf Hicks' Schulter.

»Z-z-zahnlos hat B-b-bauchweh«, beschwerte er sich. Hicks versuchte nicht zu seinem Vater zu blicken, der am Rand stand und sehr überrascht aussah. Er versuchte auch nicht auf das Publikum zu achten, das einander zuflüsterte: »Das ist Bärbeißers Sohn dort drüben – nein, nicht der Große mit den Tätowierungen, der aussieht wie ein Schwein, der kleine Magere, der nicht einmal seinen Minidrachen befehligen kann.«

»Vergiss nicht, Zahnlos«, sagte Hicks durch zusammengebissene Zähne, »du musst Fische fangen. Ich werde dir all die Witze erzählen, die ich je gehört habe, weißt du noch?«

»Erzähl sie mir jetzt«, entgegnete Zahnlos.

Hilfe kam von unerwarteter Seite.

Rotznase hörte auf zu rufen: »Töte, Feuerwurm, töte!«, und beugte sich stattdessen zu Hicks und höhnte: »Was tust du denn, Hicks? Du wirst doch nicht etwa mit diesem Molch mit Flügeln reden? Mit Drachen zu reden ist gegen die Regeln und auf Befehl von Bärbeißer dem Gewaltigen, deinem Vater, verboten.«

»Molch mit Flügeln!«, wiederholte Feuerwurm hämisch.

»Molch mit Flügeln?«, zischte Zahnlos. »Molch mit Flügeln???«

»Du bist kein Molch mit Flügeln oder, Zahnlos?«, sagte Hicks. »Du bist der beste Jäger auf der Welt, oder?«

»Und ob ich das bin«, sagte Zahnlos mürrisch.

»Dann zeig doch Rotznase Rotzgesicht und seinem eingebildeten Drachen, was ein echter Jagddrache alles kann«, drängte Hicks.

»Also gut«, gab Zahnlos nach.

Hicks atmete erleichtert auf, als Zahnlos in Richtung Meer losflog.

»Das ist zu gut, um wahr zu sein«, sagte sich Hicks zehn Minuten später, als Zahnlos von einem zweiten Flug zurückkam. Er war offensichtlich viel zu gelangweilt, um irgendetwas zu sagen, aber er ließ ein paar Heringe zu Hicks' Füßen fallen. »In ungefähr einer halben Stunde werde ich, Hicks, ein vollwertiges Mitglied des Stammes der Raufbolde sein.«

Es war tatsächlich zu gut, um wahr zu sein. Feuerwurm flog gerade mit seinem zwanzigsten Fisch zu Rotznase zurück, seine grünen Katzenaugen funkelten triumphierend, als Zahnlos rief:

»Dusseliger Snob.«

Feuerwurm hielt mitten in der Luft an. Sein Kopf fuhr herum, seine Augen wurden schmal.

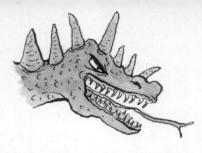

»Was hast du gesagt?«, zischte er.
»Oh nein«, sagte Hicks. »Nein, Zahnlos, nein, tu's nicht...«
»D-d-dusseliger Snob«, höhnte Zahnlos. »Ist das alles, was du kannst? Ist ja l-l-lächerlich. Hoffnungslos. Nutzlos. Ihr A-a-albträume haltet euch ja für so grausam, aber ihr seid so hohl wie Muscheln.«
»Du«, zischte Feuerwurm, die Ohren zurückgelegt, während er in der Luft vorwärts robbte wie eine Raubkatze auf dem Sprung, »bist ein kleines Lügenmaul.«
»Und d-du-du«, erwiderte Zahnlos gelassen, »bist ein h-h-hasenfüßiger, m-m-muschelhohler, Schleim fressender Snob.«
Feuerwurm stürzte sich auf ihn.
Zahnlos raste so schnell wie der Blitz davon und Feuerwurms kräftige Kiefer schnappten mit einem widerlichen Knirschen in der Luft zusammen.
Chaos brach aus.
Feuerwurm drehte völlig durch. Er raste wild durch die Luft, die Klauen ausgestreckt, biss nach allem, was sich bewegte, und gab riesige Flammenstöße von sich.
Unglücklicherweise kratzte er dabei zufällig Killer, einen äußerst reizbaren Drachen. Killer griff daraufhin jeden Drachen der Raufbolde innerhalb Bissweite an.
Bald waren die Drachen in einem riesigen, ohrenbetäuben-

den Drachenkampf verstrickt. Die Jungen rannten herum, schrien sie an und versuchten sie voneinander zu trennen, ohne sich selbst dabei umzubringen. Die Drachen achteten jedoch gar nicht darauf, egal, wie laut die Jungen schrien – und Schurki und Rotznase waren total rot im Gesicht, nachdem sie wirklich ziemlich laut geschrien hatten.

Grobian dem Rülpser platzte am Rand des Feldes der Kragen. »Kannmirjemandsagenwasinthorsundwodansnamenlosist?«

Zahnlos war in dieser Art von Chaos in seinem Element. Er wich Feuerwurms wütenden Angriffen mit Leichtigkeit aus, knabberte mit einem fröhlichen Biss an Alligatiger hier und kratzte kurz an Schnelleklaue da und genoss den Kampf offensichtlich sehr.

Selbst Horrorkuh zeigte viel Einsatzfreude für einen Drachen, der angeblich Vegetarier war. Sie schaffte es, Feuerwurm einen wahrlich eindrucksvollen Biss ins Hinterteil zu verpassen, während Feuerwurm und Killer durch die Luft wirbelten und sich gegenseitig heftig bissen.

Grobian der Rülpser betrat das Schlachtfeld und packte Feuerwurm am Schwanz. Feuerwurm heulte wütend auf, drehte sich um und setzte Grobians Bart in Flammen. Mit einer Hand drückte Grobian das Feuer aus und mit der anderen presste er Feuerwurms Kiefer zusammen, sodass er weder beißen noch Feuer speien konnte. Er steckte das wütende Tier unter einen Arm, sein Maul weiterhin fest im Griff.

»HHHHAAALLLTTT!!!«, schrie Grobian der Rülpser mit einem Schrei, der einem die Haare zu Berge stehen, Gänsehaut aufkommen und die Zähne ausfallen ließ und der über die Klippen hallte, über das Meer hinweg, sodass das Echo noch auf dem Festland gehört werden konnte.

Die Jungen verstummten in ihrem sinnlosen Schreien.

Die Drachen hielten mitten in der Luft an.

Es herrschte eine furchtbare Stille.

Selbst die Zuschauer verstummten.

So etwas war noch nie zuvor passiert. Alle zwanzig Jungen hatten sich während der Reifeprüfung zum Drachenmeister als völlig unfähig erwiesen, ihre Drachen zu befehlen.

Im Prinzip bedeutete das, dass sie alle aus ihrem Stamm ausgestoßen werden mussten. Und Exil in diesem entsetzlichen Klima konnte Tod bedeuten. Nahrung war knapp, das Meer war gefährlich, und es gab gewisse wilde Stämme auf den Inseln, von denen das Gerücht ging, sie seien Kannibalen ...

Grobian der Rülpser stand sprachlos da, sein Bart rauchte immer noch.

Als er schließlich etwas sagte, war seine Stimme tief und rau vor Entsetzen über die Situation.

»Ich werde mich mit den Ältesten der Stämme beraten müssen«, war alles, was er sagte. Er ließ Feuerwurm auf den Boden fallen. Der war inzwischen wieder vernünftig geworden und schlich nun mit eingezogenem Schwanz zu Rotznase.

Die Ältesten der Stämme waren Hinkebein und Bärbeißer, Grobian selbst und ein paar weitere kampferprobte Krieger wie zum Beispiel der Terrorisierende Taubnuss, die Zweifelhaften Zwillinge und der Große Böse Bibliothekar aus der Bücherei der Dickschädel. Die Zuschauer und die Jungen standen völlig reglos da, während die Ältesten sich in dem traditionellen Ältestenkreis berieten, was ein wenig so aussah wie ein griechischer Volkstanz ohne Tanz.

Inzwischen wurde der Sturm schlimmer. Donner grollte tief und drohend über ihren Köpfen, es regnete in Strömen und sie hätten alle nicht nasser sein können, wenn sie gleich ins Meer gesprungen wären.

Die Ältesten berieten sich eine lange Zeit. Hinkebein

wurde einmal ziemlich wütend und schlug mit der Faust nach Taubnuss. Daraufhin hielt ihn jeweils ein Zwilling links und rechts fest, bis er sich wieder beruhigt hatte. Schließlich löste sich Bärbeißer aus dem Kreis und stand vor den Jungen, die beschämt die Köpfe hängen ließen, die Drachen zu ihren Füßen.

Wenn Hicks seinen Vater hätte anschauen können, hätte er gesehen, dass Bärbeißer nicht auf seine übliche, mächtig fröhliche Art dreinblickte. Er sah sehr, sehr ernst aus.

»Novizen der Stämme«, bellte er grimmig, »dies ist ein schlimmer Tag für euch alle. Ihr habt den letzten Teil der Reifeprüfung nicht bestanden. Nach den strengen Gesetzen der Inneren Inseln bedeutet das, dass ihr für immer aus dem Stamm ausgestoßen werdet und ins Exil müsst. Ich tu dies nicht gern, nicht nur, weil mein eigener Sohn unter euch ist, sondern auch, weil es bedeutet, dass eine ganze Generation von Kriegern den Stämmen verloren geht. Aber wir können unsere Gesetze nicht umgehen. Nur die Starken dürfen zu uns gehören, auf dass das Blut der Stämme nicht geschwächt werde. Nur Helden können Raufbolde und Dickschädel sein.«

Bärbeißer deutete mit einem Finger in den Himmel. »Außerdem«, fuhr er fort, »ist Thor selbst wirklich sehr böse. Dies ist nicht der Augenblick, um unsere Gesetze zu lockern.«

Thor ließ einen großen Donnerschlag hören, als wolle er diese Aussage unterstreichen. »Unter normalen Umständen«, sagte Bärbeißer, »würde das Exil sofort beginnen. Aber bei einem solchen Wetter aufs Meer hinauszufahren, würde den sicheren Tod für euch alle bedeuten. Als Gnadenakt werde ich euch erlauben, noch eine weitere Nacht Zuflucht unter unseren Dächern zu finden. Doch gleich morgen früh werdet ihr aufs Festland gebracht und müsst für euch selbst sorgen. Von da an seid ihr alle verbannt und dürft mit keinem Mitglied eures Stammes mehr sprechen.«
Donner grollte, während die Jungen mit gesenktem Kopf im Regen standen.
»Ich Unglücklicher, dies ist das Traurigste, was ich jemals tun musste: meinen eigenen Sohn zu verbannen!«, sagte Bärbeißer geknickt.

Die Zuschauermenge murmelte mitleidig und applaudierte beim Edelmut ihrer Anführer.
»Ein Häuptling darf nicht wie normale Leute handeln«, erklärte Bärbeißer und sah Hicks fast bittend an. »Er muss entscheiden, was dem Wohle des Stammes dient.«
Plötzlich war Hicks sehr wütend.
»Tja, erwarte nicht, dass ICH Mitleid mit dir habe!«, sagte Hicks. »Was ist das denn für ein Vater, dem seine blöden Gesetze wichtiger sind als sein eigener Sohn? Und was

für ein blöder Stamm ist das denn überhaupt, wenn er nicht auch normale Leute aufnehmen kann?«

Bärbeißer stand da und starrte seinen Sohn einen Moment lang verblüfft an. Dann drehte er sich um und trottete davon. Die Angehörigen der Stämme rannten bereits vom Strand weg und kletterten die Hügel hoch, um im Dorf Schutz zu suchen. Blitze schlugen überall um sie herum ein.

»Ich werde dich umbringen«, zischte Rotznase Hicks zu und Feuerwurm knurrte drohend. »Sobald wir verbannt sind, werde ich dich umbringen«, und er rannte los, den anderen hinterher.

»Ich hab meinen Z-z-zahn verloren«, jammerte Zahnlos schniefend. »H-h-herausgefallen, als ich diesen blöden F-f-feuerwurm gebissen habe.«

Hicks achtete nicht auf ihn. Er sah in den Himmel, außer

sich vor Wut, während der Wind das Meerwasser aufwühlte und in sein Gesicht schlagen ließ.

»Nur einmal«, schrie Hicks. »Warum konntest du mich denn nicht ein einziges Mal ein Held sein lassen? Ich wollte ja gar nichts Großartiges, nur diese blöde Prüfung bestehen, damit ich ein richtiger Wikinger werden kann wie alle anderen.«

Thors Donnerschläge krachten und grollten düster über ihm.

»Also gut«, schrie Hicks, »schleuder doch einen deiner blöden Blitze nach mir! Tu einfach irgendetwas, damit ich sehe, dass du mich überhaupt bemerkst.«

Aber es gab keine Blitzschläge für Hicks. Thor hielt ihn offensichtlich nicht für wichtig genug, um ihm zu antworten. Der Sturm zog hinaus aufs Meer.

11. Thor ist wütend

Der Sturm wütete die ganze Nacht hindurch. Hicks lag da und konnte nicht schlafen, während der Wind sich gegen die Wände warf, als wären es fünfzig Drachen, die hereinwollten.
»Lass uns rein, lass uns rein«, kreischte der Wind. »Hunger! Hunger! Hunger!«
Draußen über dem Meer wütete der Sturm so wild und die Wellen wurden so aufgewühlt, dass sie sogar den Schlaf von ein paar sehr alten Meeresdrachen störten.
Der erste Drache war durchschnittlich riesig, ungefähr vom Umfang eines größeren Kliffs.
Der zweite Drache war unglaublich riesig.
Er war das Untier, das in dieser Geschichte schon einmal erwähnt wurde, die große Bestie, die während der vergangenen sechs Jahrhunderte ihr römisches Picknick im Schlaf verdaut hatte. Genau der Drache, der kürzlich vom Schlafkoma in leichteren Schlaf übergegangen war.
Der große Sturm hob beide Drachen sanft vom Meeresboden wie schlafende Kinder und trug sie mit einer unbeschreiblich riesigen Welle auf den Langen Strand, nicht weit von Hicks' Dorf.
Und dort blieben sie und schliefen friedlich, während der

Wind entsetzlich um sie herum kreischte wie Geister von wilden Wikingern, die ein lautes Fest in Walhalla feierten. Bis der Sturm sich selbst ausblies und die Sonne auf einen Strand schien, der voller Drachen war und sonst nichts.

Der erste Drache reichte aus, um einem Albträume zu verschaffen.
Der zweite Drache reichte, um den Albträumen Albträume zu verschaffen.
Stell dir ein Tier vor, das ungefähr zwanzigmal so groß ist wie ein Tyrannosaurus Rex. Mehr ein Berg als ein lebendes Wesen – ein großer, glänzender, böser Berg. Der Drache war übersät mit uralten Muscheln, sodass es aussah, als trüge er eine Art juwelenbesetzte Rüstung, aber dort, wo die kleinen Muscheln und Korallen keinen Halt finden konnten, an den Gelenken und in seinen Hautfalten, konnte man seine wahre Farbe erkennen. Ein dunkles Grün, die Farbe des Meeres selbst.
Er war jetzt wach und er hatte etwas von den letzten Ballaststoffen, die er verzehrt hatte, hochgehustet – die Standarte der Achten Legion.

Der Erste, der die Drachen entdeckte, war Schniefer der Schnösel, der sich sehr früh auf den Weg gemacht hatte, um nachzusehen, wie seine Netze den Sturm überstanden hatten.

Er warf einen Blick auf den Strand, dann rannte er zum Häuptling und weckte ihn.

»Wir haben ein Problem«, sagte Schniefer.

»Was meinst du, was für ein Problem?«, fuhr Bärbeißer der Gewaltige ihn an.

Bärbeißer hatte kaum geschlafen. Er hatte die meiste Zeit wach gelegen und sich Sorgen gemacht. Welchem Vater waren denn tatsächlich die Gesetze wichtiger als das Leben seines Sohnes? Aber andererseits – welcher Sohn würde gegen die Gesetze verstoßen, an die sein Vater sein ganzes Leben lang geglaubt hatte?

Bis zum Morgengrauen hatte Bärbeißer erstaunlicherweise die schwer wiegende Entscheidung getroffen, die ernste Verkündigung zurückzunehmen, die er am Strand gemacht hatte. Er wollte Hicks und die anderen Jungen vom Bann befreien. »Es ist schwach von mir, schwach«, sagte sich Bärbeißer düster. »Kneifgesicht der Knausrige hätte seinen Sohn im Handumdrehen verbannt. Lautmaul der Lasterhafte hätte es wahrscheinlich sogar genossen. Was ist denn mit mir los? Ich sollte selbst verbannt werden und zweifellos wird Hinkebein das auch gleich vorschlagen.«

Alles in allem war Bärbeißer nicht in der Stimmung, sich mit weiteren Problemen zu beschäftigen.

»Da sind ein paar riesige Drachen auf dem Langen Strand«, erklärte Schniefer.

»Sag ihnen, sie sollen verschwinden«, erwiderte Bärbeißer.

»Sag du es ihnen lieber selbst«, antwortete Schniefer.
Bärbeißer stapfte zum Strand. Er kehrte zurück und sah erneut sehr nachdenklich aus.
»Hast du es ihnen gesagt?«, fragte Schniefer.
»Ihm gesagt«, verbesserte Bärbeißer. »Der größere Drache hat den kleineren gefressen. Ich wollte ihn dabei nicht stören. Ich denke, ich sollte einen Kriegsrat einberufen.«

Die Raufbolde und die Dickschädel erwachten diesen Morgen durch den beeindruckenden Klang der Großen Trommeln, die sie zu einem Kriegsrat riefen und die nur in Zeiten einer furchtbaren Krise benutzt wurden.

Hicks erwachte sofort. Er hatte die ganze Nacht kaum ein Auge zugetan. Zahnlos, der am Abend mit Hicks ins Bett gekrochen war, war nirgendwo zu sehen und das Bett war eiskalt, also war er offensichtlich schon eine Weile fort.

Hicks zog schnell seine Kleidung an. Sie war über Nacht am Kamin getrocknet und so steif vor Salz, dass es ihm vorkam, als wolle er Hemd und Beinkleider anziehen, die aus Holz gemacht waren. Er war sich nicht sicher, was er tun sollte, nachdem dies der Morgen des Exils war, und folgte allen anderen in die Große Halle. Die Dickschädel hatten die Nacht sowieso schon dort verbracht, denn es war kein Wetter zum Zelten gewesen.

Unterwegs traf er Fischbein. Er sah aus, als hätte er genauso schlecht geschlafen wie Hicks. Seine Brille saß ganz schief.

»Was ist denn los?«, fragte Hicks. Fischbein zuckte mit den Schultern.

»Wo ist Horrorkuh?«, fragte Hicks. Fischbein zuckte erneut mit den Schultern.

Hicks sah sich in der Menge um, die sich in die Große Halle drängte, und bemerkte, dass nirgendwo einer der Hausdrachen zu sehen war. Normalerweise waren sie nie weit weg von ihren Meistern und fauchten einander an und zankten miteinander. Es war fast etwas Unheimliches an ihrem Verschwinden . . .

Niemand sonst schien es bemerkt zu haben. Es herrschte eine unglaubliche Aufregung und ein solcher Andrang, dass gar nicht alle in die Große Halle passten.

Bärbeißer bat um Ruhe.

»Ich habe euch hergerufen«, verkündete er mit lauter Stimme, »weil wir ein Problem haben. Ein ziemlich großer Drache liegt auf dem Langen Strand.«

Die Menge war völlig unbeeindruckt. Man hatte mit etwas Wichtigerem gerechnet.

Hinkebein drückte das allgemeine Missfallen aus.

»Die Großen Trommeln werden nur in Zeiten von tödlichem Unheil benutzt«, sagte er nachdrücklich. »Du hast uns hier zu einer entsetzlich frühen Stunde versammelt (Hinkebein hatte nicht besonders gut geschlafen. Schließlich hatte er auf dem Steinboden der Großen Halle gelegen und nur seinen Helm als Kissen gehabt), und das nur wegen eines Drachen? Ich hoffe, du verlierst nicht den Verstand, Bärbeißer«, höhnte er und hoffte insgeheim, genau so sei es.

»Es handelt sich nicht um einen gewöhnlichen Drachen«, erklärte Bärbeißer. »Dieser Drache ist riesig. Gigantisch. Unbeschreiblich. Ich habe noch niemals so etwas gesehen. Er gleicht mehr einem Berg als einem Drachen.«

Nachdem die Wikinger den Drachen-Berg nicht selbst gesehen hatten, blieben sie völlig unbeeindruckt. Sie waren daran gewöhnt, Drachen herumzukommandieren.

»Der Drache«, sagte Bärbeißer, »muss natürlich weg.

Aber es ist ein sehr großer Drache. Was sollen wir tun, Alt Faltl? Du bist der Denker im Stamm.«

»Du schmeichelst mir, Bärbeißer«, sagte Alt Faltl, der von der ganzen Sache eher amüsiert schien. »Es ist ein Seedragonus Giganticus Maximus und ein besonders großer, würde ich sagen. Sehr grausam, sehr intelligent, grenzenloser Appetit. Aber mein Spezialgebiet ist die Frühe Eisländische Poesie, nicht große Reptilien. Professor Blubber ist der Experte, wenn es um Drachen geht. Vielleicht solltest du sein Buch zu Rate ziehen.«

»Natürlich!«, sagte Bärbeißer. »›Drachenzähmen leicht gemacht‹, oder? Soviel ich weiß, hat Grobian dieses Buch aus der Bücherei der Dickschädel geklaut . . .« Er warf Hinkebein einen triumphierenden Blick von der Seite zu.

»Dies ist eine Beleidigung!«, dröhnte Hinkebein. »Dieses Buch ist Eigentum der Dickschädel. Ich fordere seine sofortige Rückgabe oder ich werde auf der Stelle den Krieg erklären.«

»Ach, krieg dich wieder ein, Hinkebein«, sagte Bärbeißer. »Bei so drögen Bibliothekaren wie euren, was erwartest du denn?«

Der Große Böse Bibliothekar errötete leicht und schien in seinen Schuhen Größe 58 zu schwanken.

»Sackasch, gib mir das Buch vom Kamin rüber«, schrie Bärbeißer.

Sackasch streckte den Arm aus und holte das Buch vom Regal. Er warf es über die Köpfe der Menge und Bärbeißer fing

es unter großem Beifall. Die Stimmung stieg. Bärbeißer verbeugte sich vor der Menge und reichte das Buch Grobian.
»Gro-bi-an, Gro-bi-an, Gro-bi-an!«, schrien nun alle. Es war Grobians Augenblick des Triumphes. Eine Krise erfordert einen Helden und er wusste, dass er der richtige Mann war. Seine Brust schwoll vor Überheblichkeit.
»Oh, es war keine große Sache, ehrlich . . .«, meinte er bescheiden, »nur die übliche ganz normale Kunst des Klauens, ihr wisst schon . . . hält mich in Übung . . .«
»Pssst«, zischte die Menge wie Seeschlangen, als Grobian sich dann räusperte.
»Drachenzähmen leicht gemacht«, las Grobian ernst. Er machte eine Pause.
»Schrei ihn an!«
Es gab wieder eine Pause.
»Und . . .?«, sagte Bärbeißer. »Schrei ihn an und . . .?«
»Das ist alles«, sagte Grobian. »Schrei ihn an.«
»Es steht nichts drin über den Seedragonus Giganticus Maximus im Besonderen?«, fragte Bärbeißer.
Grobian blätterte das Buch noch einmal durch. »Eigentlich nicht«, sagte Grobian. »Nur das mit dem Schreien, ehrlich.«
»Hmmmm«, meinte Bärbeißer. »Das ist ziemlich wenig, oder? Ich habe es nie vorher bemerkt, aber es ist wirklich kurz . . . kurz, aber auf den Punkt gebracht«, fügte er eilig hinzu, »wie wir Wikinger eben sind. Thor sei Dank für unsere Experten. Also«, sagte Bärbeißer auf seine beste Häuptlingsart, »da es ein so großer Drache ist . . .«

»Riesig«, unterbrach Alt Faltl fröhlich. »Gigantisch. Unglaublich riesig. Fünfmal so groß wie der Große Blaue Wal.«

»Ja, danke, Alt Faltl«, sagte Bärbeißer. »Da er tatsächlich ziemlich groß ist, werden wir auch ziemlich laut schreien müssen. Ich möchte, dass jeder auf dem Kliff zur gleichen Zeit schreit.«

»Und was sollen wir schreien?«, fragte Sackasch.

»Etwas Kurzes, was es auf den Punkt bringt. GEH WEG!«, schlug Bärbeißer vor.

Die Stämme der Dickschädel und Raufbolde versammelten sich auf den Klippen des Langen Strandes und blickten hinunter auf das unglaublich riesige Reptil, das sich im Sand ausstreckte und die Lippen leckte, während es noch die letzten Krümel seines verblichenen unglücklichen Kollegen hinunterschluckte. Dieser Drache war so groß, dass man kaum glauben konnte, dass er am Leben war, bis man seine Bewegungen sah, gleich einem Erdbeben.

Es gibt Zeiten, wo Größe wirklich wichtig ist, dachte Hicks. Und dies ist so eine Zeit.

Drachen sind – wie ich schon sagte – eitle, grausame und gewissenlose Wesen. Das ist alles nicht so schlimm, solange sie viel kleiner sind als du selbst. Aber wenn es um einen Drachen von der Größe eines Berges geht, was machst du dann?

Grobian der Rülpser trat nach vorne, um das Kommando zum Schreien zu geben. Schließlich war er einer der Lautesten von allen. Seine Brust schwoll voller Stolz.

»Eins . . . zwei . . . drei . . .«

Vierhundert Wikinger schrien zusammen: »GEH WEG!«, und fügten vorsichtshalber noch den Wikinger-Kriegsruf hinzu.

Der Wikinger-Kriegsruf soll den Feinden beim Beginn der Schlacht das Blut in den Adern gefrieren lassen. Es ist ein Angst einflößender Schrei, der durch und durch geht. Er beginnt mit der Nachahmung des Schreies eines angreifenden Raubvogels, verwandelt sich dann in den Angstschrei des Opfers und endet mit einer entsetzlich realistischen Nachahmung des Todes-Gurgeln, wenn das Opfer an seinem eigenen Blut erstickt. Es ist normalerweise schon ein Furcht einflößender Schrei, doch aus den Kehlen von vierhundert Barbaren um acht Uhr morgens konnte davon dem mächtigen Thor selbst der Hammer aus der Hand fallen.

Es herrschte beeindruckende Stille.

Der große Drache drehte seinen Kopf in ihre Richtung. Vierhundert Wikinger keuchten erschrocken, als ein bösartiges gelbes Augenpaar, so groß wie sechs hoch gewachsene Männer, sich zu Schlitzen verengte.

Der Drache öffnete sein Maul und gab einen Laut von sich, der so laut und so entsetzlich war, dass vier oder fünf vorbeifliegende Möwen vor Schreck auf der Stelle starben. Im Vergleich dazu hörte sich der Wikinger-Kriegsruf an wie der schwache Schrei eines neugebo-

renen Babys. Es war ein entsetzliches, fremdes Brüllen wie aus einer anderen Welt, das TOD und KEINE GNADE und ALLES SCHRECKLICHE verhieß.
Erneut herrschte eindrucksvolle Stille.
Mit einer winzigen Bewegung seiner Klaue ritzte der Drache Grobians Hemd und Beinkleider von Kopf bis Fuß auf, als schäle er eine Banane. Grobian stieß einen völlig unheldenhaften, bescheidenen Wutschrei aus. Daraufhin legte der Drache die gleiche Klaue vor Grobian und schnipste ihn wie einen Kekskrümel weit, weit weg, sodass er über die Köpfe der Wikinger und über die Dorfbefestigungen hinwegflog.
Nun legte der Drache seine riesige, rissige, alte Klaue an seine Reptilienlippen und blies den Wikingern einen Kuss zu. Der Kuss segelte durch die Luft und traf direkt auf die Schiffe von Bärbeißer und Hinkebein. Im sicheren

Hafen der Raufbolde hatten die Schiffe den Sturm unbeschadet überstanden. Doch jetzt standen alle fünfzig gleichzeitig in Flammen.
Die Wikinger rannten vom Kliff fort, so schnell ihre achthundert Beine sie tragen konnten.

Grobian hatte das Glück, auf dem Dach seines eigenen Hauses zu landen. Die breiten Schichten von feuchtem Gras dämpften seinen Sturz durch das Dach und er fand sich schließlich splitternackt in seinem Stuhl vor dem Kamin wieder, benommen, aber unverletzt.
»Also gut«, sagte Bärbeißer zu den vierhundert Wikingern, die inzwischen erschreckt, aber wild und aufgeregt aussahen, »Schreien funktioniert anscheinend nicht.«
Sie hatten sich mittlerweile in der Dorfmitte versammelt.
»Und da unsere Flotte zerstört ist, haben wir keine Möglichkeit, von der Insel zu entkommen«, fuhr Bärbeißer fort. »Was wir jetzt brauchen«, sagte er und versuchte zu klingen, als hätte er alles im Griff, »ist jemand, der losgeht und die Bestie fragt, ob sie in friedlicher oder in kriegerischer Absicht kommt.«
»Ich werde gehen . . .«, bot Grobian an, der in diesem Augenblick wieder zu ihnen stieß, immer noch entschlossen, der Held der Stunde zu sein. Er versuchte, kriegerisch und würdevoll zu klingen, aber es ist sehr schwierig, richtig würdevoll zu wirken, wenn man Gras

auf dem Kopf hat und das Kleid seiner Cousine Agatha trägt – was auf die Schnelle das einzige Kleidungsstück war, das Grobian im Haus gefunden hatte.

»Sprichst du Drachenesisch, Grobian?«, fragte Bärbeißer überrascht.

»Na ja, nein«, erwiderte Grobian. »Niemand hier spricht Drachenesisch. Laut Befehl von Bärbeißer dem Gewaltigen, oh hört seinen Namen und erzittert, ist das verboten. Drachen sind niedere Kreaturen, die wir anschreien. Drachen könnten sich für zu wichtig nehmen, wenn wir mit ihnen reden. Drachen sind hinterlistig und müssen auf ihren Platz verwiesen werden.«

»Hicks kann mit Drachen sprechen«, sagte Fischbein leise in der Menge.

»Scht, Fischbein«, flüsterte Hicks und stieß seinen Freund verzweifelt in die Rippen.

»Aber du kannst es doch«, sagte Fischbein stur. »Siehst du denn nicht, dass dies deine Chance ist, ein Held zu sein? Und wir werden sowieso alle sterben, also kannst du es genauso gut zugeben . . .«

»Hicks kann Drachenesisch sprechen!«, rief Fischbein jetzt ganz laut.

»Hicks?«, wiederholte Grobian der Rülpser.

»Hicks?«, wiederholte Bärbeißer der Gewaltige.

»Ja, Hicks«, wiederholte Alt Faltl. »Kleiner Junge, rotes Haar, Sommersprossen, du wolltest ihn heute Morgen ins Exil schicken.« Alt Faltl sah grimmig drein. »Damit das Blut des Stammes nicht geschwächt wird, weißt du nicht mehr? Dein Sohn Hicks.«

»Ich weiß, wer Hicks ist, vielen Dank, Alt Faltl«, erwiderte Bärbeißer der Gewaltige mürrisch. »Weiß irgendjemand, wo er steckt? Hicks! Komm nach vorne!«

»Sieht so aus, als könntest du dich doch noch als nützlich erweisen . . .«, murmelte Alt Faltl.

»Hier ist er!«, schrie Fischbein und klopfte Hicks auf den Rücken. Hicks begann, sich durch die Menge zu schlängeln, bis ihn jemand bemerkte und hochhob. Daraufhin reichte man ihn über alle Köpfe weg nach vorne, bis er vor Bärbeißer hingestellt wurde.

»Hicks«, sagte Bärbeißer. »Stimmt es, dass du mit den Drachen sprechen kannst?«

Hicks nickte.

Bärbeißer hüstelte verlegen. »Dies ist eine peinliche Situation. Ich weiß, dass wir dich aus dem Stamm verbannen wollten. Aber wenn du tust, worum ich dich bitte, spreche ich sicher im Namen aller, wenn ich sage, dass du dich als entbannt betrachten kannst. Wir schweben vielleicht in Lebensgefahr und niemand sonst hier kann Drachenesisch sprechen. Wirst du zu dieser Bestie gehen und fragen, ob sie in friedlicher oder kriegerischer Absicht kommt?«

Hicks sagte nichts.

Bärbeißer hüstelte erneut. »Du kannst mit mir reden«, sagte er. »Ich entbanne dich.«

»Also ist das Exil abgeblasen, ja, Vater?«, stellte Hicks fest. »Wenn ich losgehe und mich selbst umbringe, indem ich mit dieser Bestie aus der Hölle rede, dann werde ich als heldenhaft genug betrachtet, um dem Stamm der Raufbolde beizutreten?«

Bärbeißer sah verlegener aus denn je. »Genau«, bestätigte er.

»Also gut«, sagte Hicks. »Dann mach ich es.«

12. Der Grüne Tod

Es ist eine Sache, sich in einer Menge von vierhundert Leuten einem uralten Meeresdrachen zu nähern. Es ist eine ganz andere, das völlig allein zu tun. Hicks musste sich zwingen, einen Fuß vor den anderen zu setzen.
Bärbeißer bot an, ihm eine Truppe seiner besten Soldaten mitzuschicken, doch Hicks zog es vor, allein zu gehen. »Weniger Gefahr, dass irgendjemand irgendetwas Heldenhaftes und Blödes tut«, erklärte er.
Dies ist der Teil der Geschichte, über den die Barden besonders gerne singen, weil Hicks ihrer Meinung nach hier so heldenhaft ist. Ich teile diese Meinung jedoch nicht. Es ist viel einfacher, tapfer zu sein, wenn man weiß, dass man keine Alternative hat. Hicks wusste insgeheim, dass die Bestie sie sowieso alle töten würde. Also hatte er nicht gerade viel zu verlieren.
Nichtsdestotrotz stand ihm der kalte Schweiß auf der Stirn, als er über den Rand der Klippen spähte. Dort, unter ihm, füllte dieser unglaublich große Drache den ganzen Strand aus. Er schien zu schlafen.
Doch aus seiner Bauchgegend kam ein merkwürdiger Gesang. Er ging ungefähr so:

»PASS AUF, DU WILDER FEGER,
ICH GEB DIR EINEN TIPP.
EIN KILLERWAL SCHMECKT LECKER,
DENN ER HAT VIELE RIPP'.
DER WEISSE HAI – NOCH BESSER,
DOCH DENKE STETS DARAN:
SIND ZÄHNE DRIN WIE MESSER;
DER MAGEN SCHMERZEN KANN ...«

Wie merkwürdig, dachte Hicks, er kann mit geschlossenem Maul singen.

Hicks hätte sich fast in die Hosen gemacht, als der Drache seine beiden Krokodilaugen öffnete und ihn direkt ansprach.

»Warum ist das merkwürdig?«, sagte der Drache, der amüsiert zu sein schien. »Ein Drache, der seine Augen geschlossen hat, muss nicht unbedingt schlafen, also folgt daraus, dass ein Drache, der sein Maul geschlossen hat, auch singen kann. Es ist nicht alles so, wie es scheint. Aber was du da hörst, bin gar nicht ich. Dies, mein kleiner Held, ist der Klang einer singenden Mahlzeit.«

»Einer singenden Mahlzeit?«, wiederholte Hicks und erinnerte sich zumindest daran, dass man nie, niemals einem großen, bösen Drachen wie diesem hier in die Augen schauen durfte. Stattdessen richtete er seinen Blick fest auf eine der Drachenklauen.

Das war allerdings auch ein Fehler, denn wie Hicks plötzlich feststellte, hielt der Drache eine Herde von jämmerlich blökenden Schafen unter einer seiner Pranken. Er tat so, als erlaube er einem davon zu entkommen, ließ das arme Tier praktisch schon die Sicherheit der Felsen erreichen, dann hakte er mit einer winzigen Bewegung eine Kralle in die Schafwolle, hob das Tier auf und schleuderte es hoch in die Luft. Das war ein Trick, den Hicks selbst oft genug mit Heidelbeeren vollführt hatte. Jetzt legte der Drache seinen Kopf zurück und das wollene Etwas fiel zwischen die fürchterlichen Kiefer, die sich sofort mit einem mächtigen Krachen schlossen. Es gab ein entsetzliches, knirschendes Geräusch, während er das unglückliche Schaf kaute und hinunterschluckte.

Der Drache bemerkte, wie Hicks ihm in fasziniertem Entsetzen zusah, und er schob seinen unglaublich großen Kopf näher an den Jungen. Hicks wäre fast in Ohnmacht gefallen, als der Drachenatem ihn mit einem abscheulichen gelbgrünen Schleier umgab. Es war der Gestank des Todes selbst – ein durchdringender, schwindelerregender Gestank nach verfaultem Fleisch, nach längst totem Hai und verzweifelten Seelen. Der Übelkeit erregende Dampf schlängelte sich in grauslichen Schleifen um Hicks und hoch in seine Nase, bis er husten und spucken musste.

»Manche meinen ja, man sollte die Knochen des Schafes herausnehmen, bevor man es verzehrt«, fuhr der Drache überheblich fort, »aber ich persönlich finde, sie machen das Ganze ein wenig knackiger, sonst wäre es ja nur ein labberiges Häppchen...«

Der Drache rülpste einen perfekten Feuerring aus, der durch die Luft schwebte und auf dem Heidekraut landete, das Hicks umgab. Es fing sofort an zu brennen, sodass Hicks einen Augenblick lang mitten in einem Kreis von hellgrünen Flammen stand. Die Heide war jedoch feucht und das Feuer flackerte nur ein paar Momente, dann erlosch es von selbst.

»Hoppla«, kicherte der Drache bösartig. »Entschuldige bitte ... ein kleiner Party-Trick ...«

Dann legte er eine seiner gigantischen Klauen an den Rand des Kliffs, auf dem Hicks stand.

»Menschen jedoch«, fuhr der Drache nachdenklich fort, »Menschen sollten wirklich filettiert werden. Das Rückgrat im Besonderen kann in der Speiseröhre sehr störend sein ...«

Während der Drache sprach, streckte er seine Klauen aus. Langsam kamen die Krallen aus den dicken Stumpen hervor. Sie sahen aus wie riesige Rasierklingen, vielleicht zwei Meter breit und sechs Meter lang und an den Enden so spitz wie das Skalpell eines Chirurgen.

»Das menschliche Rückgrat zu entfernen, ist eine recht schwierige Aufgabe«, zischte der Drache bösartig, »aber eine, in der ich besonders gut bin... ein kleiner Schnitt am Nacken« – er deutete auf Hicks' Nacken – »eine schnelle Bewegung nach unten, dann herausheben... es ist praktisch schmerzlos. Für MICH...«

Die Augen des Drachen leuchteten vergnügt auf.

Hicks dachte jetzt sehr schnell nach. Es gibt nichts, was das Denkvermögen so anregen kann, wie dem Tod in die Augen zu schauen. Was wusste er über Drachen, das gegen ein unverwundbares Monster wie dieses helfen konnte?

Er konnte die Seite über Drachenmotivation, die er geschrieben hatte, praktisch vor sich sehen. Dankbarkeit: Drachen sind niemals dankbar. Furcht: absolut hoffnungslos. Gier: in diesem Augenblick gerade keine gute Idee. Eitelkeit und Rache: könnte nützlich sein, aber wie anstellen? Blieben nur noch Witze und Rätsel. Dieser Drache sah nicht unbedingt so aus, als hätte er etwas für Witze übrig. Aber aus seinen Reden war zu schließen, dass er sich für einen Philosophen hielt. Vielleicht konnte Hicks noch etwas Zeit gewinnen, wenn er ihn in eine Unterhaltung über Rätsel verstrickte ...

»Ich habe davon gehört, dass man zur Mahlzeit singt«, sagte Hicks, »aber was ist eine singende Mahlzeit?«

»Eine gute Frage«, sagte der Drache überrascht. »Eine ausgezeichnete Frage, um genau zu sein.« Er zog seine Klauen zurück und Hicks seufzte erleichtert auf. »Es ist lange her, seit eine Mahlzeit eine solche Intelligenz gezeigt hat. Normalerweise ist sie zu stark an ihrem lächerlichen kleinen Leben interessiert, um sich mit den wirklich großen Fragen zu beschäftigen. Also lass mich mal überlegen«, sagte der Drache, und während er nachdachte, spießte er ein unglückseliges Schaf auf eine Kralle und kaute nachdenklich darauf herum. Hicks tat das Schaf furchtbar leid, aber er war dankbar, dass nicht er selbst es war, der in dem gierigen Schlund verschwand.

»Wie soll ich dies einem Geist erklären, der so viel kleiner und weniger klug ist als meiner ... Die Sache ist die, wir alle sind auf gewisse Weise Mahlzeiten. Umhergehende, sprechende, atmende Mahlzeiten, das ist es, was wir sind. Nimm dich selbst zum Beispiel. Du wirst von mir verspeist werden, das macht dich zur Mahlzeit. Das ist offensichtlich. Aber selbst ein mörderisches Raubtier wie ich wird eines Tages eine Mahlzeit für Würmer sein. Wir sind alle letztlich nur wenige Momente von den mahlenden Kiefern der Zeit entfernt«, meinte der Drache zufrieden.

»Deshalb ist es auch so wichtig«, fuhr er fort, »dass die Mahlzeit so herrlich wie möglich singt.«

Er deutete auf seinen Bauch, wo man immer noch Gesang hören konnte, auch wenn er immer schwächer klang.

> »DER MENSCH AN SICH IST FADE,
> ERINNERT AN 'NE MADE,
> DOCH MIT EIN WENIG SALZ IM WASSER
> SCHMECKT ER AUCH DEM MENSCHENHASSER...«

»Diese besondere Mahlzeit«, sagte der Drache, »die du jetzt singen hörst, war ein Drache, der viel kleiner war als ich, aber sehr von sich selbst überzeugt. Ich verzehrte ihn vor etwa einer halben Stunde.«

»Ist das nicht Kannibalismus?«, fragte Hicks.

»Es ist vorzüglich«, entgegnete der Drache. »Außerdem darfst du einen Lebenskünstler wie mich nicht einen Kannibalen nennen.« Er klang nun leicht erzürnt. »Du bist sehr unhöflich für deine Größe. Was willst du, Kleine Mahlzeit?«

»Ich bin hier«, antwortete Hicks, »um zu fragen, ob du in friedlicher oder in kriegerischer Absicht gekommen bist.«

»Oh, ich denke, in friedlicher Absicht«, sagte der Drache.

»Aber ich werde euch dennoch töten«, fügte er hinzu.

»Uns alle?«, fragte Hicks.

»Dich zuerst«, antwortete der Drache freundlich. »Und dann alle anderen, wenn ich ein kleines Schläfchen gehalten und meinen Appetit wiedergefunden habe. Es dauert eine Weile, bis man nach einem Schlafkoma völlig wach ist.«

»Aber das ist ungerecht!«, entgegnete Hicks. »Warum darfst du alle verzehren, nur weil du größer bist?«

»Das ist der Lauf der Welt«, erklärte der Drache. »Außerdem wirst du feststellen, dass du es von meiner Seite siehst, sobald ich dich erst mal einverleibt habe. Das ist das Herrliche an der Verdauung... Aber wo sind meine Manieren? Darf ich mich vorstellen? Ich bin der Grüne Tod. Wie ist dein Name, Kleine Mahlzeit?«

»Hicks der Hartnäckige vom Hauenstein der Dritte«, sagte Hicks.

Und da passierte etwas äußerst Erstaunliches.

Als Hicks seinen Namen nannte, schauderte der Grüne Tod, als ob der Wind eine Gänsehaut ausgelöst hätte. Weder der Grüne Tod noch Hicks bemerkten es.

»Hmmm...«, sagte der Grüne Tod. »Es kommt mir vor, als hätte ich den Namen schon irgendwo gehört. Aber es ist ein ziemlich langer Name, also werde ich dich einfach Kleine Mahlzeit nennen. Und bevor ich dich nun verzehre, Kleine Mahlzeit, erzähl mir von deinen Problemen.«

»Meinen Problemen?«, wiederholte Hicks.

»Genau«, bestätigte der Drache. »Dein Warum-kann-ich-nicht-mehr-wie-mein-Vater-sein-Problem. Dein Es-ist-schwer-ein-Held-zu-sein-Problem. Dein Rotznase-wäre-ein-besserer-Häuptling-als-ich-Problem. Ich habe den Problemen vieler Mahlzeiten Abhilfe verschafft. Manchmal scheint das Auftreten eines richtig großen Problems wie meiner selbst alles ins richtige Verhältnis zu setzen.«

»Nur damit ich das richtig verstehe«, erwiderte Hicks. »Du weißt alles über meinen Vater und mich, dass ich kein Held bin und so weiter...«

»Ich kann solche Dinge sehen«, warf der Grüne Tod bescheiden ein.

»... und du willst, dass ich dir meine Probleme erzähle, und dann wirst du mich verspeisen?«

»Wir sind wieder am Anfang angelangt«, seufzte der Grüne Tod. »IRGENDWANN werden wir alle verspeist. Du kannst jedoch ein wenig Zeit gewinnen, wenn du ein schlaues kleines Kerlchen bist. Noch ein bisschen Aufschub...« Der Grüne Tod gähnte.

»Ich bin plötzlich ziemlich müde«, stellte er fest. »Du bist wirklich ein schlaues kleines Kerlchen. Du hast mich EWIGKEITEN reden lassen...« Der Drache gähnte erneut. »Ich bin zu müde, um dich sofort zu verspeisen. Du wirst in ein paar Stunden zurückkommen müssen... und dann werde ich dir erzählen, wie du mit deinem Problem fertig wirst. Ich habe das Gefühl, ich kann dir helfen...« Und in diesem Moment schlief das furchtbare Untier tatsächlich ein und schnarchte sofort ohrenbetäubend. Seine schweren Klauen entspannten sich und die verbliebenen Schafe, die angstvoll zitterten, sprangen über die gefährlichen Krallen und rasten den Pfad hinauf zu den Klippen.

Hicks stand noch eine Sekunde nachdenklich da und betrachtete den Drachen, dann trottete er langsam durch das Heidekraut zurück ins Dorf.

Alle jubelten, sobald er durchs Tor kam. Er wurde auf den Schultern getragen und vor seinem Vater abgesetzt.

»Nun, mein Sohn«, sagte Bärbeißer. »Kommt das Monster in Frieden oder in Krieg?«

»Es sagt, es käme in Frieden«, sagte Hicks.

Es gab Jubelrufe und begeistertes Füßestampfen.

Hicks hob die Hand und bat um Schweigen.

»Es will uns aber trotzdem töten.«

13. Wenn Schreien nicht hilft

Der Drache schlief weiter, während der Kriegsrat darüber stritt, was als Nächstes zu tun war.

»Ich werde einen deutlichen Brief an Professor Blubber schreiben«, sagte Bärbeißer der Gewaltige. »Dieses Buch benötigt deutlich mehr Worte, vor allem darüber, was man tun soll, wenn Schreien nicht hilft.«

Was zeigt, wie wütend Bärbeißer war – er schrieb niemals einen Brief, wenn es nicht unbedingt sein musste.

Bärbeißer war, um ehrlich zu sein, zum ersten Mal in seinem Leben absolut ratlos.

Das kommt davon, wenn man den Gesetzen nicht folgt, dachte er. Wenn ich die Jungen letzte Nacht verbannt hätte, wie ich es hätte tun sollen, wären sie nicht hier und müssten nicht mit uns zusammen sterben. Ich hätte Thor vertrauen sollen.

Hinkebein der Dickschädel hatte den Ernst der Lage noch nicht erkannt. Er dachte, es reiche, wenn man eine Art von Megafon konstruierte, damit der Schrei lauter klang.

»Ein riesiger Drache braucht einfach nur einen riesigen Schrei«, behauptete er.

»Das haben wir doch schon versucht, du Planktonhirn«, sagte Bärbeißer.

»Wen nennst du hier ein Planktonhirn?«, fragte Hinkebein und sie standen Schnurrbart an Schnurrbart voreinander wie wütende Walrosse.

Hicks seufzte und ging aus dem Dorf hinaus.

Er hatte nicht das Gefühl, als würde den Erwachsenen bald irgendetwas halbwegs Schlaues einfallen.

Zu Hicks' Überraschung folgte man ihm, nicht nur Fischbein, sondern all die Jungen – die vom Stamm der Raufbolde genau wie die vom Stamm der Dickschädel.

Sie bildeten einen Halbkreis um Hicks.

»Also, Hicks«, sagte Schurki. »Was sollen wir denn jetzt tun?«

»Was soll das? Wieso fragst du Hicks?«, wollte Rotznase erbost wissen. »Du glaubst doch nicht etwa, der NUTZLOSE kann uns aus diesem Schlamassel helfen, oder? Er ist doch schuld daran, dass wir gerade erst durch die Prüfung gefallen sind. Wir sollten verbannt und von Kannibalen verspeist werden, nur seinetwegen. Er kann nicht einmal einen Drachen von der Größe eines Ohrwurms dressieren.«

»Kannst du denn mit Drachen reden, Rotznase?«, fragte Fischbein.

»Ich bin stolz darauf, dass ich es nicht kann«, antwortete Rotznase hochnäsig.

»Dann halt die Klappe«, sagte Fischbein.

Rotznase packte Fischbein und wollte ihm den Arm umdrehen.

»Niemand, wirklich NIEMAND sagt Rotznase Rotzgesicht, er soll die Klappe halten«, zischte er.

»Ich schon«, sagte Schurki. Er packte Rotznase am Hemd und hob ihn hoch, bis er einige Zentimeter über dem Boden schwebte. »DEIN Drache hat uns genauso sehr in diese Scheiße geritten wie SEINER. Ich habe nicht gesehen, dass in dem blöden Drachenkampf auch nur irgendein Drache Männchen gemacht hat. DU hältst die Klappe oder ich reiße dich Stück für Stück auseinander und verfüttere dich an die Möwen, du schleimiges, wurmhirniges Stück Rotz.«

Rotznase sah in Schurkis funkelnde Augen.

Rotznase hielt die Klappe.

Schurki ließ ihn fallen und wischte sich die Hände mit einem Ausdruck des Abscheus am Hemd ab. »Jedenfalls«, sagte er dann, »war mein Vater auch in diesem blöden Rat der Ältesten. Hicks hat recht. Was für ein Vater ist das denn, der Gesetze wichtiger nimmt als das Leben seines Sohnes? Und was für eine bescheuerte Prüfung war das denn überhaupt? Wenn wir all diese bescheuerten Stammesmitglieder vor einem RICHTIGEN Drachen wie dem hier retten, vielleicht lassen sie uns dann wieder in ihren bescheuerten Stamm.«

Sieh an, sieh an, dachte Hicks. Das ist ja nun mal ganz was Neues. Vielleicht hatte der Drache recht und er wird mir bei meinem Es-ist-schwer-ein-Held-zu-sein-Problem helfen. Bevor er mich verspeist, natürlich.

Ein einziges Treffen mit dem Grünen Tod genügte und hier standen nun neunzehn junge Barbaren, die meisten von ihnen viel größer und stärker und rauer als Hicks, die darauf warteten, dass er ihnen sagte, was sie tun sollten.

Hicks streckte die Brust raus und versuchte, wie ein Held auszusehen.

»Also gut«, sagte er. »Ich brauche Zeit zum Nachdenken.

»Macht dem Jungen Platz!«, schrie Schurki und schob alle anderen zurück.

Er wischte einen Felsblock ab, damit Hicks sich setzen konnte.

»Nimm dir Zeit für die ganze Denkerei, Kumpel«, sagte

Schurki. »Wir haben ein Problem, das viel Denkerei erfordert, und ich habe das Gefühl, du bist der Einzige hier, der das schafft. Jeder, der eine zwanzig Minuten lange Unterhaltung mit einem geflügelten Hai von der Größe eines Planeten führt und lebend rauskommt, ist ein besserer Denker als ich.«

Hicks stellte fest, dass Schurki ihm immer sympathischer wurde.

»RUHE!«, schrie Schurki. »Hicks denkt nach.«

Hicks dachte nach.

Und dachte nach.

Nach ungefähr einer halben Stunde sagte Schurki: »Was immer du auch denkst, wie wir dieses Monster loswerden könnten, es müsste bei beiden helfen.«

»Es gibt NOCH EINEN Drachen?«, fragte Hicks.

Schurki nickte.

»Ich bin zum Höchsten Punkt raufgegangen und habe ihn entdeckt, als du noch deine Unterhaltung mit dem großen Grünen hattest.«

»Aahaa«, sagte Hicks gedehnt. »Das ist sogar eine gute Neuigkeit. Sehen wir uns den anderen mal an.«

Der Pfad hinauf zum Höchsten Punkt der Insel war übersät von Muschelschalen und Delfinknochen, die von dem gewaltigen Sturm hochgespült worden waren. Sie kamen sogar am Wrack von Bärbeißers einstigem Lieblingsschiff vorbei, das vor sieben Jahren untergegangen war und jetzt komischerweise auf dem höchsten Berg von Wattnbengel thronte.

Von ganz oben konnte man den größten Teil von Wattnbengels Küste sehen und das Meer, das die Insel umgab. Genau am anderen Ende der Insel füllte ein Drache die ganze Pfadlose Bucht aus und quoll sogar noch über die Ränder hinaus.

Sein breites Kinn lag auf den Klippen, als wären sie ein Kissen. Große purpurrote Rauchfahnen kamen aus seinen Nasenlöchern, während er schnarchte.

Es war ein weiterer Seedragonus Giganticus Maximus, diesmal hochrot, fast purpurfarben und womöglich noch etwas größer als der am Langen Strand.

»Der Rote Tod, würde ich sagen«, flüsterte Hicks aufgeregt. »Das ist genau das, was wir brauchen. Bist du sicher, es sind nicht noch mehr?«

Schurki lachte fast hysterisch. »Ich glaube, es sind nur die beiden Killer-Maschinen. Reichen dir zwei noch nicht?«

Dort am Höchsten Punkt erklärte Hicks seinen Rettungsplan.

Er war teuflisch schlau – wenn auch etwas gewagt.

»Wir sind nicht groß genug, um mit diesen Drachen zu kämpfen«, führte Hicks aus, »aber sie können GEGENEINANDER kämpfen. Wir müssen sie richtig wütend aufeinander machen. Wir Raufbolde werden uns auf den Grünen Tod konzentrieren und ihr Dickschädel werdet euch

um den Roten Tod kümmern. Das Einzige, was wir brauchen, sind unsere eigenen Drachen. Ich sehe sie nirgendwo«, sagte Hicks, »also müssen wir nach ihnen rufen.«
Sie riefen so laut sie es wagten nach ihren Drachen und dann noch etwas lauter, als immer noch keine Antwort kam.
Die zwanzig Drachen der Jungen waren eigentlich gar nicht so weit entfernt. Nach dem Drachenkampf hatten sie sich wieder versöhnt und versteckten sich jetzt in einem Stück Unterholz ungefähr dreißig Meter von der Stelle, wo die Jungen standen. Sie kauerten wie große Katzen im Farn und ihre verschlagenen Augen funkelten. Sie hatten so gut die Farbe ihrer Umgebung angenommen, dass es schien, als wären sie völlig damit verschmolzen. Ein Beutetier wie z. B. ein Hase oder ein Reh hätte sie nicht bemerkt, bis es die Krallen auf seinem Rücken und das heiße Feuer in seinem Nacken gespürt hätte.
Sie waren den Jungen nun schon eine Weile gefolgt.
»Also«, flüsterte Feuerwurm und seine Zunge zuckte bösartig. »Was sollen wir jetzt tun? Die Machtverhältnisse auf dieser Insel verändern sich. Die Meister werden nicht mehr viel länger Meister sein. Sie sitzen wie Hummer in der Falle. Wir nicht. Wir können fliegen, wohin und wann wir wollen. Sollen wir gehorchen oder abhauen?«
Ein Drache hat noch nie einen Verlierer unterstützt.
»Was immer wir tun«, murrte Schnelleklaue, »wir sollten es SCHNELL tun, mir frieren die Flügel ein.«

»Wir könnten die Jungen töten und sie den Neuen Meistern als Geschenk darbieten«, schlug Seeschlampe mit gierigem Vergnügen vor.

»Was, diesem großen grünen Teufel am Strand?«, entgegnete Horrorkuh tadelnd. »Der ist doch nicht geheuer. Er hat einen viel zu großen Appetit. Wir könnten uns selbst als das nächste Geschenk herausstellen.«

»Dann hauen wir ab«, sagte Schnelleklaue und die anderen murmelten zustimmend.

»Nicht so sch-sch-schnell«, zischte Feuerwurm. »Diese Inseln sind gefährlich«, warnte er. »Wir könnten von einer Gefahr geradewegs in die nächste fliegen. Ich schlage vor, wir gehorchen, bis wir sicher sind, dass sie verloren haben. Wenn es so weit sein sollte, werde ich das Signal für uns geben, um zu verschwinden.«

Und so flogen Feuerwurm und Seeschlampe, Horrorkuh und Killer, Schnelleklaue und Alligatiger und all die anderen Drachen aus ihrem Versteck und kamen langsam kreisend hoch zum Höchsten Punkt.

Dort landeten sie auf den ausgestreckten Armen der Jungen.

Als Letzter kam Zahnlos, der sich furchtbar beschwerte.

»Drachen...«, begann Hicks.

Und er erklärte ihnen den teuflisch schlauen Plan.

14. Der teuflisch schlaue Plan

Die Drachen protestierten ein wenig, aber die Jungen schrien sie in Reih und Glied.

Alle bis auf Zahnlos, der sich absolut weigerte mitzumachen.

»D-d-du musst scherzen«, höhnte der kleine Drache. »Ich weigere mich, auch nur in die N-n-nähe eines Seedragonus Giganticus Maximus zu gehen. Die sind g-g-gefährlich. Ich werde hierbleiben und euch zusehen.«

Hicks bat, schmeichelte und drohte vergeblich.

»Seht ihr?«, rief Rotznase. »Der Nutzlose kann nicht einmal seinen eigenen Drachen dazu bekommen, seinen bescheuerten Plan auszuführen. Und auf DEN wollt ihr setzen? Der soll euch aus diesem Schlamassel holen?«

»Ähm«, sagte Stinker der Dussel.

»Ach, HALTDIEKLAPPE, Rotznase«, kam es vom Rest der Jungen im Chor.

Hicks seufzte und gab seine Bemühung um Zahnlos auf.

»Na gut, Zahnlos, dann bleibst du eben hier und versäumst den ganzen Spaß.

Also, wir gehen jetzt alle hinunter zum Nistplatz der Möwen und sammeln so viele Vogelfedern für die Federbomben, wie wir können . . .«

»Vogelfedern!«, mokierte sich Rotznase. »Dieser Feigling denkt, man kann einen Riesendrachen wie den mit Vogelfedern bekämpfen! Kalter Stahl ist die einzige Sprache, die der verstehen wird.«

»Drachen neigen zu Asthma«, erklärte Hicks. »Das kommt von all dem Feuerspeien. Da kriegen sie Rauch in die Lungen.«

»Also denkst du, dieses Monster wird wegen ein paar Federbomben auf der Stelle an Asthma sterben? Warum füttern wir ihm nicht einfach ein paar gebratene Heringe und warten ab, ob er in zwanzig Jahren vielleicht an Herzinfarkt stirbt?«, höhnte Rotznase.

»Nein«, sagte Hicks geduldig, »die Federbomben sollen ihn nur verwirren, damit er zwischenzeitlich niemanden tötet. Rotznase, Schurki, ich muss Feuerwurm und Killer noch beibringen, was sie sagen sollen«, fuhr Hicks fort.

»Ich werde meinen Drachen nicht für diesen verrückten Plan aufs Spiel setzen«, lehnte Rotznase ab.

»Oh ja, das wirst du«, zischte Schurki durch zusammengebissene Zähne und drohte Rotznase mit seiner riesigen Faust.

»Dieser Typ ist eine solche Nervensäge, Hicks, ich weiß nicht, wie ihr es hier überhaupt mit ihm aushaltet. Hör mal, Rotzgesicht, durch irgendein Wunder hast du dir einen vernünftigen Drachen beschaffen können. Du bringst diesen Drachen dazu, das zu tun, was Hicks will, oder ich werde dich mit größtem Vergnügen PERSÖN-

LICH den ganzen Weg zum Strand und wieder zurückprügeln.«

»Also gut«, gab Rotznase verärgert nach. »Aber gebt mir nicht die Schuld, wenn wir alle gegrillt werden wegen der verrückten Idee von unserem Nutzlosen hier.«

Hicks beaufsichtigte die Herstellung der Federbomben. Die Jungen sammelten mehrere Arme voll Federn aus dem Nistplatz der Möwen.

Dann klauten sie jedes Stück Stoff, das sie finden konnten: Krötes Windeln, Grobians Schlafanzug, Hinkebeins Zelt, Vallhallaramas BH – alles, was ihnen in die Hände fiel. Die Erwachsenen waren mit ihren Beratungen zu beschäftigt, um irgendetwas zu bemerken.

Rotznases Laune stieg etwas, weil er sein hervorragendes Können beim Klauen zur Schau stellen konnte. Er schaffte es, Sackasch die Hosen vom Leibe zu stehlen, während er im Ältestenkreis stand und einen Kampfplan diskutierte. Sackasch bemerkte es nicht – nicht einmal, als er mit einer behaarten Hand nach unten langte, um sich gedankenverloren sein großes Hinterteil zu kratzen –, er war zu sehr damit beschäftigt, über ausgeklügelte Ideen zum Schreien zu reden.

Die Jungen wickelten dann die Federn so in die verschiedenen Stoffteile, dass sie herausflögen, wenn die Bomben fallen gelassen würden.

Jede Gruppe von zehn Jungen war mit ungefähr hundert

dieser Federbomben ausgestattet, die in altes Segeltuch eingewickelt wurden.

Hicks ging den Raufbolden voran zum Langen Strand, während Schurki die Dickschädel zur Pfadlosen Bucht führte.

Die Jungen plapperten aufgeregt, während sie sich in einer Reihe hinter Hicks auf den Weg machten; Warzenschweini und Planlos bildeten das Schlusslicht und zogen das Segeltuch mit den Bomben hinter sich her. Die Drachen kreisten über ihren Köpfen. Gespannte Begeisterung machte sich breit.

Sobald das Monster in Sichtweite kam, ließen sich die Jungen und die Drachen sofort auf die Bäuche fallen und robbten weiter. Ihre Herzen klopften heftig.

Es schien unmöglich, dass IRGENDETWAS so groß sein konnte.

Hicks führte sie so nahe an die Klippen am Rande des Langen Strandes, wie er es wagte.

Sie blickten hinunter auf die furchtbare Kreatur, die vor ihnen schnarchte. Allein die Nasenlöcher des Drachen waren so groß wie sechs Haustüren und der Gestank, der aus ihnen kam, erschwerte den Jungen die Atmung.

Warzenschweini, der schon immer einen empfindlichen Magen hatte, übergab sich sofort ins Heidekraut.

Hicks, Fischbein und Planlos holten die Federbomben heraus und teilten sie aus. Die Jungen riefen leise ihre Drachen und jeder steckte eine Federbombe ins Maul seines Drachen.

Dann standen sie am Rand der Klippen, ihre Drachen auf den ausgestreckten Armen.

Das Ganze erforderte ein hohes Maß an Tapferkeit. Auch wenn das Monster fest schlief, wäre natürlich jeder lieber weiter im Unterholz versteckt geblieben.

Hicks versuchte möglichst wenig einzuatmen.

Er hob den Arm, um das Kommando für den Einsatz zu geben.

»Los«, flüsterte er.

»Los!«, riefen die Jungen daraufhin und neun Drachen flogen hoch und umkreisten den riesigen Kopf, dessen Augen noch im Schlaf geschlossen waren.

In dem Augenblick, als der Grüne Tod einatmete, rief Hicks »JETZT!« und die Drachen ließen die Federbomben fallen.

Der nächste Atemzug des Grünen Todes bestand halb aus Luft und halb aus Federn. Er erwachte mit einem gigantischen Niesen, und als er sich schüttelte und hustete, begann Feuerwurm, der neben seinem Ohr auf der Stelle schwebte, mit seiner vorbereiteten Rede. Die ging ungefähr so:

»Grüße, oh Seedragonus Pussilanimus Minimus, von meinem Vater, dem Schrecken der Meere. Er möchte sich an den Barbaren gütlich tun, und wenn du ihm in den Weg kommst, wird er sich an dir gütlich tun. Also schwimm fort, kleines Seepferdchen, und dir wird nichts geschehen. Wenn du aber auf dieser Insel bleibst, wirst du die Schärfe seiner Klauen und die Hitze seines Feuers zu spüren bekommen.«

Der Grüne Tod wollte sarkastisch lachen, musste jedoch gleichzeitig husten. Daraufhin bekam er eine Feder in den falschen Hals und musste noch mehr husten.

Jetzt biss Feuerwurm ihm in die Nase.

Es musste sich gerade mal wie der Stich eines Flohs anfühlen, aber das Monster war außer sich.

Trotz tränender Augen holte der Grüne Tod aus, um diese ärgerliche Drachen-Fliege zu verscheuchen, und verfehlte sie. Die gigantische Klaue riss stattdessen einen Teil der Klippen in die Tiefe.

Die acht anderen Drachen hatten inzwischen weitere Federbomben von den Jungen geholt.

»Jetzt!«, schrie Hicks und sofort ließen sie ihre Bomben fallen. Diese trafen ihr Ziel, nämlich die Nasenlöcher des Grünen Todes, und er brach erneut hustend zusammen.

»Du kannst nicht gewinnen, du kleiner Wurm«, krähte Feuerwurm. »Krieche zurück ins Meer, wo du hingehörst, und störe meinen Meister nicht bei seiner Mahlzeit.«

Jetzt war der Grüne Tod wirklich sauer.

Er machte einen Satz, um Feuerwurm zu erwischen und diesen störenden, kleinen Drachenklecks mit seinen Klauen plattzumachen.

Aber dem Grünen Tod ging es genau so wie dir vielleicht, wenn du versuchst, eine Fliege mit bloßen Händen zu fangen. Drachen sind bei so etwas eigentlich geschickter als Menschen, aber der Grüne Tod verfehlte ständig sein Ziel, weil seine Augen so tränten.

»Wieder daneben!«, höhnte Feuerwurm und amüsierte sich prächtig, flatterte jedoch rasch aus der Reichweite der Klauen des Grünen Todes. Der Meeresdrache machte erneut einen wilden Satz auf Feuerwurm zu, während der um die Ecke der Klippen flog und das Monster damit in Richtung Pfadlose Bucht lenkte.

Hicks und die Jungen rannten ihnen nach, so schnell sie konnten, doch es gelang ihnen nicht, Schritt zu halten. Durch Heidekraut zu rennen, ist ungefähr so ähnlich, wie durch knietiefen Matsch zu waten, und sie versanken ständig bis zu den Knien im Unterholz.

Während Feuerwurm und das Monster sich in ihrem Fangspiel immer weiter der Küste entlang fortbewegten, brauchten die anderen Drachen immer länger und länger, um zurück zu den Jungen zu fliegen und mit neuen Federbomben zum Grünen Tod zu kommen.

Wer eine Ahnung von Militärstrategie hat, wird das Problem erkennen, das sich ergibt, wenn der Nachschub die Kräfte an der Front nicht mehr erreicht. Schließlich dauerte die Wiederbewaffnung so lange, dass es einen Moment gab, wo keine Federn mehr die Nasenlöcher des Grünen Todes kitzelten. Seine Augen hörten auf zu tränen und plötzlich konnte er den nervenden, kleinen Drachen klar und deutlich sehen ...

Der Grüne Tod machte eine blitzschnelle Reflexbewegung nach dem Feuerwurm und fing ihn mit seiner riesigen Klaue.

Feuerwurm hatte nur Glück, dass in genau diesem Moment der andere Meeresdrache um die Ecke gepflügt kam und den Grünen Tod heftig in den Magen boxte. Dessen Griff lockerte sich für eine Sekunde und Feuerwurm flog rasch davon.

Der Grüne Tod setzte sich schwer atmend ins Meer und schnappte nach Luft.

Der Rote Tod tat so ziemlich das Gleiche.

15. Die Schlacht an der Totenkopf-Landzunge

Während Hicks und seine Gruppe den Grünen Tod gereizt hatten, hatte Schurki mit seinen Leuten den Roten Tod aufgestachelt.
Die beiden Monster stießen an der Ecke der Totenkopf-Landzunge aufeinander.
Einer von Feuerwurms Flügeln war unter dem Griff des Meeresdrachen gebrochen, doch er flog tapfer zurück und erfüllte seinen Auftrag. Während die Bestie nach Luft schnappend im flachen Wasser saß, sprach er ihr den letzten Spruch ins Ohr:
»Hier ist er. Mein Meister, der Rote Horror, der dir jedes Glied einzeln ausreißen und deine Zehennägel ausspucken wird.«
Danach flog Feuerwurm davon, so schnell er mit einem hängenden Flügel konnte.

Der Grüne Tod hatte einen schlechten Tag.
Normalerweise würde ein Seedragonus Giganticus Maximus nicht im Traum daran denken, einen Angehörigen derselben Rasse anzugreifen. Schließlich sind sie beide mit denselben Waffen ausgestattet und wissen, dass die Schlacht für jeden von ihnen tödlich ausgehen könnte.
Doch nun war der Grüne Tod von einem absoluten Mini-

drachen angegriffen und verhöhnt worden. Das hatte ihn in seiner Eitelkeit gekränkt. Und dieser rote Artgenosse, der sich für stärker zu halten schien, hatte ihn schwer am Bauch getroffen.

Der Grüne Tod dachte nicht mehr lange nach.

Er sprang mit ausgestreckten Krallen auf den Roten Tod zu und das Feuer, das er spie, erleuchtete die Gegend um sie herum wie ein heftiges Gewitter.

Die Insel und das Meer wurden von großen Beben erschüttert, als die beiden riesigen Monster wie verrückt aufeinander losgingen und die unsäglichsten, nicht zu wiederholenden Flüche auf Drachenesisch fluchten.

Der Grüne Tod zertrat beim Aufstampfen ein Korallenriff.

Der Rote Tod streifte mit einem Flügel die Klippen der Landzunge und ließ große Felsblöcke herunterstürzen.

Nachdem die Jungen ihre Arbeit geleistet hatten, rannten sie jetzt fort, so schnell sie konnten. Man wusste ja nie, ob nicht doch einer der Drachen den Kampf überlebte. Ab und zu warfen sie einen Blick über die Schulter, um zu sehen, wie die Schlacht verlief.

Die Drachen schlugen und bissen nacheinander und rissen sich unter grausamen Schreien gegenseitig ganze Stücke heraus.

Ein Meeresdrache hat die beste Panzerung, die man sich nur vorstellen kann. Seine Haut ist stellenweise sogar einen Meter dick und so mit Muscheln übersät, dass es fast einer Rüstung gleichkommt.

Andererseits können seine rasiermesserscharfen Klauen und Zähne aber auch genau eine solche Panzerung aufreißen, als sei sie Papier ...

Inzwischen hatten sich beide Drachen entsetzliche Wunden zugefügt und das Blut floss in Strömen.

Der Grüne Tod packte den Roten Tod in einem tödlichen Würgegriff um den Hals.

Der Rote Tod umschlang den Grünen Tod in einem tödlichen Rippenquetscher.

Keiner von beiden ließ los – und der Griff eines Drachen ist schrecklich. Sie erinnerten Hicks an ein Bild auf einem der Schilde seines Vaters: Zwei Drachen formen einen perfekten Kreis, während sie einander fressen, jeder mit dem Schwanz des anderen im Maul.

Die Drachen warfen sich wie wild in der Brandung umher, hustend und würgend, ihre Augen quollen heraus, das Schlagen ihrer Schwänze verursachte solche Flutwellen, dass die Jungen völlig durchnässt waren, auch wenn sie so schnell von der Landzunge wegrannten, wie sie nur konnten.

Schließlich, unter einigen letzten Beben und bösem Gurgeln lagen die mächtigen Biester bewegungslos im Wasser.

Es herrschte Stille.

Die Jungen blieben stehen. Sie standen schwer atmend da und beobachteten die reglosen Monster voller Angst. Die Drachen der Jungen, die ein Stück weiter vor den Jungen herflogen, hielten ebenfalls an und kreisten in der Luft.

Die grässlichen Kreaturen bewegten sich nicht.

Die Jungen warteten zwei lange Minuten, während die Wellen sanft über die großen, bewegungslosen Körper schwappten.

»Sie sind tot«, sagte Schurki schließlich.

Die Jungen begannen fast hysterisch zu lachen, nachdem der Schrecken nun vorbei war.

»Gut gemacht, Hicks!« Schurki schlug Hicks auf den Rücken.

Doch Hicks sah besorgt aus. Er kniff die Augen zusammen und lauschte angestrengt. »Ich kann nichts hören«, sagte er besorgt.

»Du kannst nichts hören, weil sie TOT sind«, sagte Schurki vergnügt. »Ein dreifaches Hurra für Hicks!«

Nach etwa eineinhalb Hurras stieß Feuerwurm einen entsetzten Schrei aus. »Verschwindet!«, schrie er. »Verschwindet, verschwindet!«

Der Kopf des Grünen Drachen erhob sich langsam und er schaute in ihre Richtung.

»Oh, oh«, sagte Hicks.

16. Der teuflisch schlaue Plan geht schief

Hicks hatte auf das Todeslied des Grünen Todes gelauscht, aber er sang es noch nicht.

Der Grüne Tod lag zwar im Sterben, aber er war noch nicht tot.

Er war etwas anderes, nämlich sehr, sehr wütend.

Aus seinem blutenden Maul zischte er schwach: »Wo ist er?«

Und dann schob er sich hoch und zischte ein wenig lauter: »Wo ist er? Wo ist die Kleine Mahlzeit? Ich wusste doch, dass ich ihn erkannte. Kein Wunder, er war mein Verhängnis. Die Kleine Mahlzeit hat mich, den Grünen Tod, selbst zur Mahlzeit gemacht!«

Während der Drache so sprach, schob er sich sehr langsam und unter Schmerzen vorwärts, die Augen auf die Klippen gerichtet, wo er kleine Menschen sehen konnte, die ins Landesinnere rannten.

Der Drache warf den Kopf zurück und stieß einen fürchterlichen Racheschrei aus, der einem das Blut gefrieren lassen konnte, so dunkel und qualvoll war er.

»Ich werde IHN verzehren, bevor ich abtrete, das werde ich«, brüllte der Drache und machte einen Satz nach vorne.

»Lauft!«, schrie Hicks, aber alle rannten bereits so schnell sie konnten.

In der Ferne konnte Hicks vierhundert Krieger von den Stämmen der Raufbolde und Dickschädel sehen. Anscheinend war ihnen die Abwesenheit der Jungen aufgefallen und sie suchten sie.

Aber sie werden nicht rechtzeitig hier sein, dachte Hicks, und selbst wenn, was können sie tun?

In diesem Augenblick setzte der Drache mit einem gewaltigen Schlag auf den Klippen auf und plötzlich war keine Sonne mehr zu sehen.

Zwanzig Jungen rannten ins dichte Unterholz.

Der Drache hob den nächstbesten Jungen mit einer Klaue hoch und drehte ihn um.

Es war Stinker. Bis der Drache ihn mit einem »Du nicht« zur Seite geworfen hatte, waren die anderen Jungen im Unterholz verschwunden.

Der Drache war tödlich verwundet, doch er stieß ein schwaches Lachen aus. »Dort seid ihr nicht in Sicherheit, oh nein, denn auch wenn ich euch nicht sehen kann, werde ich euch durch mein FEU-ER herausholen!«

Das Unterholz fing beim ersten Hauch des Drachen Feuer und die Jungen rannten heraus.

Hicks blieb ein wenig länger im Versteck, denn er wusste, der Drache wartete auf ihn.

Doch schließlich wurde die Hitze unerträglich und er holte tief Luft, kniff die Augen zu und rannte hinaus.

Er war nicht weit gekommen, als sich auch schon zwei Drachenkrallen um seinen Bauch schlossen und er hoch-

gehoben wurde. Hoch, ganz hoch, bis die anderen Jungen unter ihm nur noch kleine Pünktchen waren.
Der Drache hielt Hicks vor sich.
»Jetzt sind wir BEIDE Mahlzeit, Kleine Mahlzeit«, sagte er und warf Hicks noch höher in die Luft.
Als Hicks den zweiten Purzelbaum schlug, dachte er: Also DAS ist nun wirklich der schlimmste Moment in meinem Leben.
Dann fiel er.
Er blickte nach unten. Da war das Drachenmaul, weit geöffnet, wie ein großer schwarzer höhlenartiger Tunnel.
Dort würde er hineinfallen.

17. Im Maul des Drachen

Hicks fiel in das Maul des Drachen. Die Zähne schlugen hinter ihm aufeinander wie Gefängnistore, die sich schließen.

Er fiel durch völlige Dunkelheit, umgeben von einem Gestank, der so grauenhaft war, dass er das Gefühl hatte zu ersticken.

Mit einem Mal wurde sein Fall gebremst, als der Kragen seiner Fellweste sich irgendwo verfing.

Hicks hing da in der Dunkelheit und schwang leicht hin und her. Durch einen unwahrscheinlichen Glücksfall hatte sich seine Weste in einem Speer verfangen, der seit

dem römischen Bankett immer noch in der Kehle des Drachen steckte. Hicks' Fuß stieß gegen eine Mauer, die wohl die Kehle des Drachen sein musste. Die Verdauungssäfte brannten wie Säure und er zog seinen Fuß schnell zurück.

Über sich konnte Hicks die große Zunge des Drachen im Maul umherschlagen hören, während er versuchte Hicks zu finden, um ihn zu Tode zu beißen . . . Er hatte nicht vorgehabt, ihn im Ganzen zu verschlucken.

Ein grässlicher Fluss von grünem Speichel tropfte die geschwollenen roten Seiten der Drachenkehle herunter. Gleich gegenüber von der Stelle, wo Hicks hing, kam grün gelblicher Dampf aus zwei kleinen Löchern in der schleimigen Wand. Ab und zu ließ eine kleine Explosion kurze Flammen aus den Löchern aufflackern.

Wie interessant, dachte Hicks, der eigenartig ruhig war, denn er konnte nicht ganz glauben, dass dies wirklich passierte. Das müssen die Löcher sein, aus denen das Feuer kommt.

Die Biologen unter den Wikingern hatten sich seit Jahren gefragt, woher wohl das Feuer kam, das die Drachen spien. Manche meinten, aus den Lungen, andere, aus dem Magen. Hicks war der Erste, der die Feuerlöcher entdeckte, die zu klein sind, um sie bei einem Drachen normaler Größe mit dem bloßen Auge zu erkennen.

Weit unter sich konnte Hicks den entfernten Gesang vom vorherigen Mahl des Drachens hören. Ein Seedragonus

Giganticus braucht offensichtlich eine ziemlich lange Zeit zur Verdauung, dachte Hicks.
Es war tatsächlich immer noch zu hören:

>»Der Mensch an sich ist fade,
erinnert an 'ne Made,
doch mit ein wenig Salz im Wasser
schmeckt er auch dem Menschenhasser ...«

Der Speer bog sich langsam unter Hicks' Gewicht. Es war nur eine Frage der Zeit, bis er brach und Hicks hinunterfiel, um dem fröhlichen Optimisten da unter sich im Magen Gesellschaft zu leisten.
Was noch schlimmer war, die Dämpfe, die Hitze und der Gestank begannen Hicks so zu benebeln, dass ihm sein Schicksal fast schon egal war. Das rumpelnde Pochen des Herzschlags des Drachen war Hicks in den Kopf gestiegen und zwang sein eigenes Herz, demselben Rhythmus zu folgen.
Ein Drache muss schließlich überleben, dachte er plötzlich. Und da erinnerte er sich an die Worte des Drachen, als er vor ihm auf dem Kliff gestanden hatte: »Du wirst feststellen, dass du es von meiner Seite siehst, sobald ich dich erst mal einverleibt habe ...«
Oh nein!, dachte Hicks. Die Verdauung des Drachen! Sie arbeitet bereits!
»Ich muss leben, ich muss leben«, sagte er sich immer

und immer wieder und versuchte verzweifelt, die Gedanken des Drachen abzublocken.
Es gab ein furchtbares, knarrendes Geräusch, als der römische Speer langsam entzweibrach ...

18. Die außerordentliche Tapferkeit
von Zahnlos

Und das wäre das Ende von Hicks gewesen, wenn da nicht die außerordentliche Tapferkeit eines gewissen Zahnlosen Tagtraumes gewesen wäre.

Zahnlos, wenn ihr euch erinnert, hatte sich geweigert, an der Schlacht bei der Totenkopf-Landzunge teilzunehmen. Er hatte vorgehabt, irgendwohin an die Küste zu fliegen, doch er war noch eine Weile am Höchsten Punkt geblieben und hatte Vögel und Hasen erschreckt.

Er musste sich gut amüsiert haben, denn er bemerkte die Ankunft von Bärbeißer und den Kriegern gar nicht, bis Bärbeißer ihn am Hals packte.

»Wo ist mein Sohn?«, fragte Bärbeißer.

Zahnlos zuckte bloß mit den Schultern.

»Wo ist mein Sohn?«, bellte Bärbeißer so laut, dass Zahnlos' Ohren zitterten.

Zahnlos deutete auf die Totenkopf-Landzunge.

»Zeig es mir«, befahl Bärbeißer grimmig.

Unter Bärbeißers wachsamem Auge flatterte Zahnlos zögernd hinüber zur Totenkopf-Landzunge, gefolgt von den Kriegern beider Stämme.

Sie kamen gerade rechtzeitig an, um zu sehen, wie der

Grüne Tod Hicks hoch in die Luft warf und ihn mit dem Maul auffing wie einen Käfer.

So viel zum teuflisch schlauen Plan, dachte Zahnlos.

Er wollte eben die Gelegenheit nutzen, um sich wegzuschleichen und in Sicherheit zu bringen, als ihn etwas aufhielt.

Niemand weiß, was dieses Etwas war.

Es war ein Augenblick, der die ganze Weltsicht des Stammes der Raufbolde änderte. Jahrhundertelang hatten alle geglaubt, dass es Drachen unmöglich war, einen selbstlosen Gedanken oder eine großzügige Handlung überhaupt in Erwägung zu ziehen. Doch was Zahnlos als Nächstes tat, ist bestimmt nicht als etwas zu erklären, was in seinem eigenen Interesse lag.

All die anderen Hausdrachen flogen bereits irgendwo über dem Inneren Ozean. Sobald sie Feuerwurms Schrei »Verschwindet!« gehört hatten, waren jene, die sich in Höhlen oder im Farn versteckt hatten, in einem großen Schwarm aufgestiegen und hatten ihre früheren Meister so schnell verlassen, wie ihre Flügel sie tragen konnten. Die wilden Drachen vom Kliff der Wilden Drachen hatten die Insel schon vor Stunden verlassen.

Doch irgendetwas hielt Zahnlos davon ab, ihnen nachzufliegen – vielleicht war es Bärbeißers herzzerreißend machtloser Schrei »NNNNEEEEIIIN!!!!«, der ihn dazu brachte anzuhalten. Oder vielleicht mochte er irgendwo in seinem egoistischen grünen Drachenherzen Hicks eigentlich doch und war dankbar für all die Stunden, in denen der kleine Wikinger sich um ihn gekümmert hatte, ihm Witze erzählte und ihm die größten und saftigsten Hummer gab.

»Drachen sind s-s-selbstsüchtig«, sagte sich Zahnlos. »Drachen sind herzlos und kennen kein M-m-mitleid. Das macht uns zu Siegern.«

Nichtsdestotrotz brachte ihn ETWAS dazu umzudrehen, und ETWAS ließ ihn wie ein Drachenblitz zu dem Großen Monster auf den Klippen fliegen. Was wirklich nicht in Zahnlos' bestem Interesse lag, wie ich schon sagte.

Zahnlos flog geradewegs in das linke Nasenloch der Bestie und flatterte darin auf und ab.

Der Meeresdrache schüttelte den Kopf, seine Nase zuckte wie verrückt und er bellte.

»Ha-a-a-aaaahh...«

Der Grüne Tod steckte auf widerliche Weise seine große Kralle in die Nase und versuchte den kitzelnden Floh, der ihn so störte, herauszubohren.

Zahnlos schaffte es nicht ganz rechtzeitig, der Kralle auszuweichen, und sie ritzte ihm die Brust auf. Er spürte es jedoch kaum, so aufgeregt war er, und fuhr weiter fort zu kitzeln und wich der bohrenden Drachenklaue aus.

»Ha-a-a-a-a-a-a-a-a-h...«, bellte der Riesendrache.

Inzwischen wurde Hicks innerhalb der Drachenkehle hin und her geschleudert. Er versuchte verzweifelt, sich an dem Speer festzuhalten, der sich bereits zu lockern begann.

».. .tschiiiiiieh!«, nieste der Drache schließlich und Hicks, der Speer, Zahnlos und eine große Menge von ziemlich abscheulichem Rotz wurden über die Landschaft verteilt. Während Zahnlos durch die Luft flog, fiel ihm ein, dass Menschen nicht fliegen können.

Er legte die Flügel an und flog im Sturzflug hinter Hicks her, der sich gefährlich schnell dem Erdboden näherte. Zahnlos packte Hicks am Arm. Drachenklauen sind außerordentlich stark und der kleine Drache konnte zwar Hicks' Sturz nicht ganz abfangen, aber zumindest so weit abfedern, dass Hicks' Geschwindigkeit sich schon ziemlich verlangsamt hatte, als er im Heidekraut aufschlug.

Bärbeißer pflügte panisch durch das Gras.

Er hob seinen Sohn auf und trat dem Monster entgegen, hielt seinen Schild vor Hicks' bewusstlosen Körper.

Zahnlos verbarg sich hinter Bärbeißer.

Der Grüne Tod hatte sich von seiner Niesattacke erholt. Obwohl er entsetzlich aus seinen tödlichen Wunden an Brust und Kehle blutete, schob er sich vorwärts. Er senkte den Kopf, bis er auf gleicher Höhe mit den Menschen war, und seine bösen gelben Augen blickten Bärbeißer an.

»Zeit zu sterben, für alle von uns«, knurrte der Grüne Tod. »Du kannst sein Leben jetzt nicht mehr retten, weißt du. Du bist absolut hilflos. Mein Feuer wird deinen Schild wie Butter schmelzen...«

Der Grüne Tod öffnete das Maul. Langsam holte er Luft. Bärbeißer versuchte sich an den Sträuchern festzuhalten, doch er, Hicks und Zahnlos wurden langsam, aber sicher in Richtung des gigantischen schwarzen Tunnels gezogen, der das offene Maul des Monsters war.

Der Grüne Tod machte einen Augenblick Pause, bevor er wieder ausatmete, und genoss ihre Angst.

»Das p-p-passiert, wenn du nicht den Drachenregeln folgst...«, machte sich Zahnlos zitternd Vorwürfe, als er um Bärbeißers Mantel spähte.

Das Monster blies die Wangen auf und Bärbeißer und Zahnlos warteten darauf, dass die Flammen sie verschlangen.

Doch es kam kein Feuer.

Der Grüne Tod schaute selbst sehr überrascht drein. Er blies die Wangen auf und pustete stärker.

Wieder kein Feuer.

Er versuchte es noch einmal und jetzt nahm sein Kopf vor

lauter Anstrengung eine eigenartig lila Farbe an. Er schwoll auch an, immer mehr und mehr, als würde er innerlich mit Luft aufgepumpt.

Der Grüne Tod hatte keine Ahnung, was da geschah. Er warf sich wie wild herum und seine Augen traten vor, bis er mit einem Knall, der Hunderte von Meilen weit gehört werden konnte ...

... direkt vor ihren Augen platzte.

Dies mag wie ein Wunder oder ein Wirken der Götter scheinen. Aber in Wirklichkeit gibt es eine logische Erklärung. Als Hicks in der Kehle des Untiers hing und verzweifelt vor sich hersagte: »Ich muss leben, ich muss leben«, hatte er seinen Helm abgenommen und die Hörner so fest er konnte in die Feuerlöcher gesteckt.

Sie passten genau.

Und als der Drache nun versuchte, Feuer zu speien, da verursachte diese Blockade einen solchen Unterdruck, dass der Grüne Tod einfach explodierte.

Jetzt flogen Stücke des Drachen in jede Richtung. Bärbeißer und Zahnlos hatten unglaubliches Glück, nicht von irgendeinem Teil getroffen zu werden, nachdem sie so nahe am Zentrum der Explosion standen.

Ein einziger brennender Drachenzahn, zweieinhalb Meter lang (einer von den kleineren der Bestie), flog jedoch direkt auf Hicks zu. Der Junge war beim Einatmen des Drachen unter Bärbeißers Schild hervorgezogen worden und lag nun ungeschützt etwa einen halben Meter vor Bärbeißer.

Bärbeißer erkannte die Flugbahn des Zahnes aus dem Augenwinkel und warf sich selbst und seinen Schild nach vorne. Nur ein Wikinger konnte das rechtzeitig schaffen. Waldschnepfen mit Pfeil und Bogen zu schießen, erfordert sehr gute Reflexe und ist für so etwas eine gute Übung.
Also rettete Bärbeißers Schild Hicks doch noch das Leben. Sonst hätte der Zahn ihn durchstoßen wie einen gegrillten Fisch. Stattdessen bohrte er sich in den Bronzeschild und blieb dort zitternd stecken, während sein grün umrandetes Drachenfeuer noch ein letztes Mal aufblitzte.
Bärbeißer hob den Schild hoch, voller Angst, dass der Zahn seinen Sohn vielleicht doch noch durchbohrt haben könnte. Aber Hicks war unverletzt. Seine Augen waren geöffnet und er lauschte. Er lauschte auf ein eigenartiges Summen, das aus dem glühenden Zahn selbst zu kommen schien. Es war ein rauschendes Singen, wie der Wind, der durch Korallenriffe fährt, und hörte sich ungefähr so an:

»Ich sag dem Grossen Blauen Wal
sein Leben ist vorbei.
Mit einem Schlag ist er mein Mahl
hau ich ihn erst entzwei.
Das Meer, es bebt und türmet sich,
wenn ich die Stimme hebe.
Und jedes Wesen fürchtet mich
solange ich ... noch ... lebe ...«

»Hört doch«, flüsterte Hicks glücklich, kurz bevor er ohnmächtig wurde. »Die Mahlzeit singt.«

19. Hicks der Nützliche

Die vierhundert Wikinger, die jetzt auf dem Kliff versammelt waren, brachen in wilde Jubelrufe für Hicks und Zahnlos aus.

Sie boten einen merkwürdigen, barbarischen Anblick, von oben bis unten mit abscheulichem grünem Drachenrotz und Schleim überzogen. Doch sie strahlten und jubelten mit dem wilden Vergnügen von jenen, die gerade dem sicheren Tod entkommen sind.

Durch den grauenhaften Kampf, der gerade stattgefunden hatte, war die Landschaft verwüstet. Grüngrauer Rauch, der Würgereiz verursachte, hing überall und erschwerte die Sicht, doch es sah aus, als seien große Stücke der Totenkopf-Landzunge während des Kampfes abgerissen worden. Felslawinen häuften sich am Strand. Der riesige Kadaver des Roten Meeresdrachen lag im tiefen Wasser. Stücke von Innereien und Knochen des Grünen Tods waren überall in der Gegend verstreut und große Teile des Unterholzes standen immer noch in Flammen.

Durch ein außergewöhnliches Wunder hatten jedoch beinahe alle Wikinger und ihre Drachen die entsetzliche Schlacht überlebt.

Ich sage »beinahe alle«, denn als Zahnlos nach vorne kroch, um mit seiner gespaltenen Zunge über das Gesicht seines Meisters zu lecken, bemerkte Bärbeißer eine entsetzliche Wunde in der Brust des kleinen Drachen, aus der hellgrünes Blut floss. Die Kralle des Monsters hatte den angeblich herzlosen, kleinen Drachen genau im Herz getroffen.

Zahnlos folgte Bärbeißers Blick und sah zum ersten Mal nach unten. Er stieß einen entsetzten Schrei aus und fiel auf der Stelle in Ohnmacht.

Zwei Tage später erwachte Hicks. Ihm tat alles weh. Außerdem war er sehr hungrig. Es war spätabends und er lag in Bärbeißers großem Bett. Das Zimmer schien völlig überfüllt zu sein. Bärbeißer war da und Valhallarama und Alt Faltl und Fischbein und die meisten Älteren des Stammes.

Auch Drachen waren da: Pesthauch und Hakenzahn spielten zwischen Bärbeißers Beinen und Horrorkuh kauerte am Ende von Hicks' Bett. (Die Drachen waren zurückgeflogen, sobald sie die Explosion gehört hatten und ihnen klar geworden war, dass die Meister von Wattnbengel immer noch die Meister waren. Da sie Drachen waren, hatten sie keine Erklärung für ihr Verschwinden gegeben, aber sie hatten den Anstand, zumindest ein wenig verlegen dreinzusehen.)

»Er lebt!«, rief Bärbeißer triumphierend und alle brachen

in Jubelrufe aus. Valhallarama schlug Hicks heftig mit der Faust auf die Schulter, was für eine Wikingermutter etwa das Gleiche ist wie eine richtig dicke Umarmung.

»Wir sind alle da«, sagte Valhallarama, »und haben mit aller Macht gewünscht, dass du aufwachst.«

Hicks setzte sich im Bett auf und war mit einem Mal hellwach. »Aber es sind nicht alle da«, stellte er fest. »Wo ist Zahnlos?«

Alle schauten zu Boden, keiner wollte Hicks in die Augen sehen. Bärbeißer räusperte sich verlegen.

»Es tut mir leid, mein Sohn«, sagte er dann. »Aber er hat es nicht geschafft. Er ist gestorben. Der Rest des Stammes gibt ihm in diesem Augenblick ein Heldenbegräbnis. Es ist eine große Ehre«, fuhr Bärbeißer rasch fort. »Er wird der erste Drache sein, der ein richtiges Wikingerbegräbnis bekommt . . .«

»Woher wusstest du, dass er tot ist?«, fragte Hicks.
Bärbeißer sah ihn überrascht an. »Na ja, du weißt schon, die üblichen Anzeichen: kein Puls, kein Atem, eiskalt. Er war ganz offensichtlich tot, so leid es mir tut.«
»Also WIRKLICH, Vater«, sagte Hicks mit einem Anflug von Gereiztheit, »weißt du denn GAR NICHTS über Drachen? Das kann genauso gut ein SCHLAFKOMA gewesen sein, das ist ein GUTES Zeichen und bedeutet wahrscheinlich, dass er sich selbst heilt.«
»Oh, bei Thors Schnurrbart«, stieß Fischbein hervor. »Sie haben mit dem Begräbnis vor einer halben Stunde angefangen . . .«
»Wir müssen sie aufhalten!«, schrie Hicks. »Drachen sind nur schwach gegen Feuer geschützt. Sie werden ihn bei lebendigem Leibe verbrennen!«
Hicks sprang aus dem Bett und zeigte unter den gegebenen Umständen eine erstaunliche Energie. Er rannte aus dem Zimmer und aus dem Haus, dicht gefolgt von Fischbein und Horrorkuh.

Drunten am Hafen neigte sich die beeindruckende Zeremonie eines Wikingerbegräbnisses mit militärischen Ehren langsam dem Ende zu.
Es war ein unglaublicher Anblick, den Hicks genossen hätte, wenn er dazu in der Stimmung gewesen wäre.
Der Himmel war mit Sternen übersät und das Meer ruhig und klar. Sämtliche Mitglieder der Stämme der Raufbol-

de und Dickschädel waren auf den Felsen versammelt und jeder Einzelne stand still mit einer entzündeten Fackel in der Hand da.

Selbst Rotznase war dabei und versuchte ernst auszusehen, den Helm respektvoll in der Hand und das Haar ordentlich gekämmt.

»Wenigstens ist der Mops mit Flügeln aus dem Weg«, flüsterte er verschlagen Stinker dem Dussel zu und der kicherte.

»Geschieht ihm recht, wenn er sich nicht an die Regeln hält«, höhnte Feuerwurm.

Die Nachbildung eines Wikingerschiffes war aufs Wasser gesetzt worden und segelte nun langsam von der Insel fort, im Pfad des Mondlichtes, an den beeindruckenden Umrissen von Bärbeißers und Hinkebeins ausgebrannter Flotte vorbei.

Hicks konnte gerade noch den kleinen Körper von Zahnlos erkennen, der im Boot aufgebahrt war. Neben ihm lag Bärbeißers Schild, der Drachenzahn steckte immer noch darin wie ein gigantisches Schwert aus einer anderen Welt.

Grobian der Rülpser stimmte ein trauriges Signal auf seinem Horn an. Er hatte sich nach seinem unerwarteten Flug inzwischen wieder völlig erholt.

»TRÖ-ÖTTÖ-TRÖ!!!«

Sechsundzwanzig von Bärbeißers besten Bogenschützen standen aufgereiht am Hafen und hoben jetzt ihre Bogen in die Luft, alle mit einem brennenden Pfeil bestückt.

»Nnnneeeiiin!!!«, schrie Hicks, so laut er jemals geschrien hatte.

Aber es war zu spät. Die brennenden Pfeile flogen bereits anmutig durch die Luft. Sie landeten auf dem Schiff und setzten es in Brand.

Manche aus der Menge an der Küste blickten nach oben und fragten sich, wer es wagte, dieses ernste Ritual zu stören.

»Hicks!«, rief Schurki der Dickschädel erfreut, als er die Gestalt erkannte. Ein erstauntes Gemurmel breitete sich in der Menge aus, als sie einander »Hicks?!« zuflüsterten, dann riefen sie es lauter und fröhlicher und immer lauter und lauter.

Rotznases Kinn klappte nach unten. Er wirkte ziemlich enttäuscht, Hicks so lebendig und wohlauf zu sehen. Rotznase konnte Hicks als toten Helden gerade noch ertragen, aber ein lebender Hicks der Held käme ihm überhaupt nicht gelegen ...

Hicks betrachtete das brennende Schiff und Tränen liefen ihm übers Gesicht.

Das Schiff kippte und Bärbeißers Schild mitsamt dem Zahn fiel ins Wasser. Gerade als das letzte Stück des Schiffes versinken wollte, von Feuer und Wasser verschlungen, flackerten die Flammen einige Meter hoch in den Himmel. Und genau aus diesem Feuer schoss – die Flügel weit ausgebreitet und mit flammendem Schwanz wie ein Komet – Zahnlos.

Er stieg hoch, hoch in den Himmel und zeichnete dabei eine lodernde Spur. Er flog im Sturzflug nach unten in Richtung Meer und drehte erst im letzten Moment ab. Die Zuschauer stießen erstaunte Rufe aus.

Hicks befürchtete, dass Zahnlos unter Schmerzen leiden musste, bis der Drache tief genug über seinen Kopf flog, dass Hicks den Hahnenschrei des Triumphes hören konnte.

Welche Fehler Zahnlos auch immer haben mochte, man musste sein Gespür für den richtigen Augenblick bewundern. Gewöhnliche oder Felddrachen sind normalerweise nicht gerade berühmt für ihre besonders spektakulären Flugkünste, aber ein Gewöhnlicher oder Felddrache, der in Flammen steht, ist ein Spektakel für sich.

Zahnlos sah am nächtlichen Himmel aus wie ein lebendes Feuerwerk und vollführte beeindruckende Purzelbäume und Achter. Die Menge, die kurz vorher noch darauf eingestellt war, den Tod von Zahnlos und möglicherweise auch Hicks zu betrauern, war jetzt außer sich und jubelte fast hysterisch, als Zahnlos Funken über sie sprühte.

Schließlich wurde es ihm aber anscheinend doch zu heiß und er stürzte sich ins Meer, um das Feuer zu löschen. Kurz darauf tauchte er jedoch sofort wieder auf und flog geradewegs auf Hicks' Schulter. Dort nahm er den wilden Applaus mit würdevollen Verbeugungen nach links und rechts entgegen. Nur als er das alte selbstgefällige

»~~Kicke-ri-kieh~~« hören ließ, vergaß er kurzzeitig sein majestätisches Gehabe.

Bärbeißer bedeutete der Menge, ruhig zu sein, jedoch nur, damit er mit voller Lautstärke folgende Rede loswerden konnte:

»Raufbolde und Dickschädel! Schrecken der Meere, Söhne von Thor und gefürchtete Meister der Drachen! Ich habe die Ehre, euch heute das neueste Mitglied des Stammes der Raufbolde vorstellen zu können. Ich präsentiere euch meinen Sohn, Hicks den Nützlichen!«

Und die Worte »Hicks den Nützlichen« wurden vom Echo zurückgeworfen und von der jubelnden Menge wiederholt und vom Echo wieder aufgenommen und weitergetragen von der Abendbrise, bis die ganze Welt Hicks zuzurufen schien, dass er nun endlich doch nützlich sein würde.

Und das, meine Freunde, das war die harte Art, ein Held zu werden.

Insel Wattenbengel,
Finsteres Mittelalter

Verkehrter Broffessor Blubber,
ich schraibe um mich seer heftich
über Ihr Buch "Drachenzähmen
Leichtgemacht" zu beschwören.
Ham Sie schon mal
versucht einen dieser
echt großen Meeresdrachen
anzuschraien?
Kommen Sie nach
Wattenbengl und
ich zaig Ihnen was
ich maine.
Ihr nicht seer
freundlicher
Bärbeißer
der Gewaltige

Nachwort des Autors,
Hicks der Hartnäckige
vom Hauenstein der Dritte,
letzter der Großen Heldenhaften Wikinger

Die Geschichte endet hier natürlich nicht.

Die neunzehn Jungen, die vor vielen Jahren mit mir die Reifeprüfung ablegten, wurden alle in ihren Stamm aufgenommen. Schließlich hatten sie Tapferkeit bewiesen, indem sie zwei Seedragonus Giganticus Maximus an einem Tag besiegten. Die Schlacht an der Totenkopf-Landzunge hat Eingang in die Wikingerlegenden gefunden und wird von den Barden besungen, solange es noch Barden gibt.

Natürlich gibt es heutzutage nur noch wenige Barden. Und was noch wichtiger ist – niemand hat seither mehr einen Seedragonus Giganticus Maximus gesehen. Die Menschen fangen bereits an zu bezweifeln, dass ein solches Wesen überhaupt je gelebt hat. Unheimlich gescheite Artikel sind geschrieben worden, in denen es heißt, dass etwas so Großes niemals sein eigenes Gewicht hätte tragen können. Die Drachen, die mein Beweis gewesen wären, sind wieder zurück ins Meer gekrochen, wohin Menschen ihnen nicht folgen können. Da

Heldentum heutzutage so unmodern ist, wird niemand mehr dem bloßen Wort eines Helden wie mir glauben.

Aber mit den Drachen verhält es sich so (und ich bin jemand, der über Drachen Bescheid weiß): Es kann durchaus sein, dass sie dort unten in den schwarzen Tiefen des Meeres nur schlafen. Es könnte eine unvorstellbare Anzahl von ihnen geben, alle in einem Schlafkoma, während die Fische ungerührt unter ihren Klauen hindurchschwimmen, sich zwischen ihren Stacheln verstecken und Eier in ihre Ohren legen.

Es mag eine Zeit kommen, in der Helden wieder gebraucht werden.

Es mag eine Zeit kommen, in der die Drachen zurückkehren.

Wenn diese Zeit kommt, werden die Menschen etwas darüber wissen müssen, wie man sie dressiert und wie man gegen sie kämpft. Ich hoffe, dass dieses Buch den Helden der Zukunft mehr helfen wird, als ein gewisses Buch mit dem gleichen Titel MIR vor all den vielen Jahren geholfen hat.

Es ist leicht, zu vergessen, dass es so etwas wie diese Ungeheuer gibt.

Ich vergesse es selbst manchmal, aber dann blicke ich hoch, wie jetzt gerade, und ich sehe in Gedanken den Schild auf dem Meeresboden liegen. Er hat sich über die Zeit verändert, mit einer dicken Kruste aus Muscheln und Korallen. Doch der zweieinhalb Meter lange Zahn steckt noch genauso mitten darin. Ich stelle mir vor, wie ich die Hand ausstrecke und die Spitze dieses Zahnes ist nach all diesen Jahren immer noch so messerscharf, dass allein ein sanfter Druck des Fingers einen Regen von Blut über diese Seiten spritzen lässt. Und ich beuge meinen Kopf, nicht zu nahe, und ich bin sicher, ich kann es immer noch sehr, sehr schwach hören:

»Einst setzte ich das Meer in Feuer
mit einem einz'gen Atemzug...
Einst war ich niemandem geheuer,
mein Name ›Tod‹ traf's richtig gut.
Sing laut, bis du die Mahlzeit bist
voll Freude und voll Spass.
Denn gleich, ob mächtig oder nicht,
am Schluss wer'n alle DAS...!«

Die Mahlzeit singt immer noch.

Cressida Cowell
Drachenzähmen leicht gemacht

Wilde Piraten voraus! (2)
978-3-401-60052-9

Strenggeheimes Drachenflüstern (3)*
978-3-401-60053-6

Mörderische Drachenflüche (4)
978-3-401-60054-3

Brandgefährliche Feuerspeier (5)
978-3-401-60055-0

Handbuch für echte Helden (6)
978-3-401-60056-7

Im Auge des Drachensturms (7)
978-3-401-60123-6

Arena

*Auch als Hörbuch bei Arena audio

Jeder Band:
Ab 10 Jahren • Gebunden
www.arena-verlag.de